向上吧！诗词（节气卷）

蒹葭苍苍，白露为霜

《意林》图书部 编

本册主编：刘红敏/赵 洁/侯雅惠/张文惠

上海文艺出版社
Shanghai Literature & Art Publishing House

图书在版编目（CIP）数据

蒹葭苍苍，白露为霜 . 节气卷 / 《意林》图书部编 . -- 上海 : 上海文艺出版社 , 2019
ISBN 978-7-5321-7169-9

Ⅰ . ①蒹… Ⅱ . ①意… Ⅲ . ①诗歌欣赏－中国 Ⅳ . ① I207.2

中国版本图书馆 CIP 数据核字 (2019) 第 105473 号

发 行 人：陈　征
责任编辑：陈　蔡
从书策划：徐　晶
特约策划：陈红菊
本册主编：刘红敏　赵　洁　侯雅惠　张文惠
特约统筹：王来宁
特约编辑：肖桂香
封面设计：资　源
美术编辑：刘海燕　李雪菲
封面供图：呼葱觅蒜

书　　名：蒹葭苍苍，白露为霜　节气卷
编　　者：《意林》图书部
出　　版：上海世纪出版集团　上海文艺出版社
地　　址：上海市绍兴路 7 号　200020
发　　行：上海文艺出版社发行中心发行
　　　　　上海市绍兴路 50 号　200020　www.ewen.co
印　　刷：河北盛世彩捷印刷有限公司
开　　本：700×1000　1/16
印　　张：11
字　　数：300,000
印　　次：2019 年 6 月第 1 版　2019 年 6 月第 1 次印刷
I S B N：978-7-5321-7169-9 / I · 5727
定　　价：36.00 元

CONTENTS

目录

暖春篇

诗词 AB 面

名人万花筒

仲夏篇

诗词 AB 面

名人万花筒

凉秋篇

诗词 AB 面

诗词小真相

名人万花筒

严冬篇

诗词 AB 面

名人万花筒

暖春篇

NUANCHUNPIAN

春日归来，迫不及待地问『这里山花那日开？』从严冬开始盼暖春，盼来春雨初霁，盼来花开正好，盼来轻衫细马好少年。于是，终于邂逅了这一片春光。

辛弃疾，字幼安，号稼轩。宋代豪放派词人，开拓了词的思想意境。

汉宫春

［宋］辛弃疾

春已归来，看美人头上，袅袅春幡。无端风雨，未肯收尽余寒。年时燕子，料今宵、梦到西园[①]。浑[②]未办、黄柑荐酒，更[③]传青韭堆盘。

却笑东风从此，便薰梅染柳，更没些闲。闲时又来镜里，转变朱颜。清愁不断，问何人、曾解连环。生怕见、花开花落，朝来塞雁先还。

解读赏析

JIEDU SHANGXI

“春意袅袅，花开花落，归人何处寻归程。”

这首词作于南渡之后。似是一阵春风拂面，词人感叹春天已经归来。从何处知晓呢，抬头遥看，美人头上，早已戴上了那美丽的彩幡。不过这暖意已至、余寒未尽的初春，总还有“无端”的风雨带来些许凉意，这里的“风雨”既指自然界的风雨，也暗指南宋最高统治集团不思北归的碌碌无为状态，南方好像被余寒所笼罩。旧年南飞的燕子，如今是否如同词人一样，做起了北归故乡的梦。这里借“西园”来代指北宋的汴京城，暗喻沦陷的故土。词人日日牵挂故土，以至于立春已到，却无迎春的准备，还未置办黄柑酒，也来不及送给好友一盘立春的青韭。句句写春，却字字抒情。

下阕从东风写起，说东风忙着将梅花熏香，将柳条染绿，为大地装点春色。等到闲时，从身边溜过，却是改变了镜中的容颜，时光飞逝，岁月蹉跎，功业未就。凄清的愁绪连绵不断，却无人可如齐后一般解开。最后一句，词人直言害怕看见花开花落、春天逝去。因为去年塞北来的大雁将会先词人北上故乡，自己却要长留于此。整首词感情深沉婉转，表达了对故土的怀念和功业未成的苦闷，以及对统治者苟且偷安于南方的不满。

①西园：汉都长安西邦有上林苑，北宋都城汴京西门外有琼林苑，都称西园，专供皇帝打猎和游赏。
②浑：全然。③更：何况。

诗词AB面

SHICI AB MIAN

春幡

春幡，又称“恬胜”或“彩胜”，佩戴春幡是中国古代的一种风俗。立春之日，家家户户以多种材料制成女子头饰，富贵之家用金银罗帛为之，平民之家则剪彩绸或彩纸为花、燕等形状佩戴在头上，称之为“胜”。“胜”作为立春时节特有的一种头部饰物，分为人胜、华胜、幡胜等多种类型。这种佩戴春幡的风俗在宋代最为兴盛，并将其视为避邪之物，取祛邪求吉之意。

解连环的典故

据《战国策·齐策》的记载，秦始皇（一作秦昭王）曾经派遣使者出使齐国，送给齐后一串玉连环，并且说，听说齐国人都很聪明，那不知道能不能解开此玉连环呢。齐后把玉连环拿给齐国的大臣们看，群臣都没办法解开。后来齐后用槌子把玉连环直接砸开了，对使者说：“环解矣。”这位女子就是齐襄王之后。襄王死后，幼子继位，齐后摄政。秦国看她是女子，就派遣使者送玉连环求解，以此来羞辱她。没想到这位女子用自己的聪慧化解了这次外交困境。

名人万花筒

MINGREN WANHUATONG

辛弃疾：万能膏药，哪里需要贴哪里

辛弃疾出生在北方，出生之时，北方已被金国占领。在他很小的时候，他的祖父辛赞就经常带着他“登高远望，指画江山”，告诉他这些都曾经是故国的领土。由于祖父辛赞的影响，辛弃疾从小就在心里种下了恢复中原的理想的种子。

后来完颜亮开始南侵，辛弃疾参加了起义军，尽显自己的军事才能。由于在起义军中的出色表现，他受到了南宋朝廷的重视，开始在南宋朝廷担任官职。正当他以为可以一展自己的生平抱负、实现北伐梦想的时候，他才发现，南宋朝廷早已没有北伐的热情和勇气了，他们偏安一隅，只想安稳度日。他接连上书陈述的北伐建议，都被视而不见。反倒是经常派他去各个地方救援，哪里洪水治不好了，哪里闹饥荒了，哪里官员不称职，朝廷就会把辛弃疾派过去。辛弃疾先后担任江西、湖北、湖南、福建等地的转运使、安抚使之类的重要官职，而他也总能把自己的任务完成得很好，堪称“政务小能手”“万能膏药”，哪里需要贴哪里。但是，他终究是没能完成自己的北伐梦想。

知识小问答

辛弃疾起义抗金之初，是加入了谁领导的起义军？（ ）

A. 耿京　B. 张安国　C. 王世隆

张九龄，字子寿，一名博物，谥文献。韶州曲江人，世称“张曲江”或“文献公”。

立春日晨起对积雪

［唐］张九龄

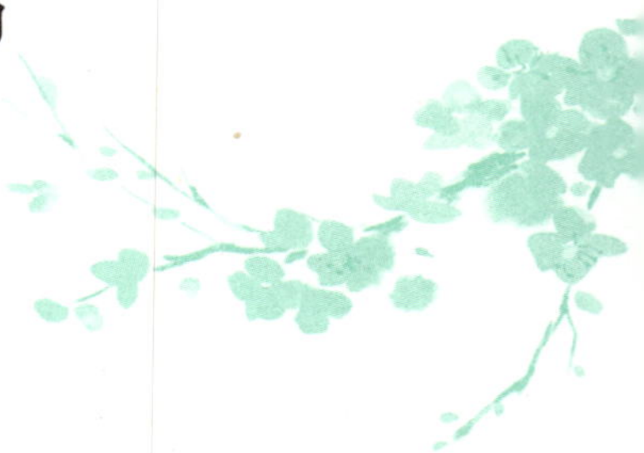

忽对林亭雪，瑶华①处处开。
今年迎气始，昨夜伴春回。
玉润②窗前竹，花繁院里梅。
东郊③斋祭所，应见五神来。

解读赏析
JIEDU SHANGXI

“瑶华处处开，共赏立春景。”

这是一首五言律诗。诗人于立春日的早晨，起床面对满院的积雪，有感而发。一个“忽”字点明了诗人的欣喜之情，正是睡眼蒙眬之时，忽而看到院中小亭，霜雪满地，犹如仙境一般。接着想到立春之日，这场雪昨天夜里伴着春风而来，今天早晨迎接一年的开始。

颈联中，诗人把目光转向了窗前的竹子，即使是霜雪忽至，春寒未尽，这些竹子依旧青翠欲滴，如宝玉一样润朗光滑，不被余寒所侵倒。与这竹子相匹配的，还有院里凌霜怒放的红梅，娇艳似火，从不惧寒冷。诗人在此赞美竹梅的气节，也表达了自己内心的追求。尾联中，诗人想到立春的习俗，在那东边城郊斋祭的地方，人们应该早早迎来了五方之神，来庇护一年的平安顺遂。这是一首简单的记事之作，语言淡雅朴素，充满了春天的气息和不失诗意的描绘。

①瑶华：喻指霜、雪。②玉润：像宝玉一样润朗光滑。
③东郊：泛指国都或者王城以东的郊外。

诗词AB面
SHICI AB MIAN

雪在诗中可能不叫雪

在古人写诗作词时，对于意象的选择都有自己的深意。很多我们常见的意象，为了表达的需要，或者化用前人的诗句，会产生不同的别称。比如“瑶华”便是指霜雪。除此之外，雪在诗文中还有其他的雅称，如“白絮”“白灰”“鹅毛”“寒酥”“琼芳”“碎琼”“仙藻”“六出花”“梨花”“玉龙”等，均出自历朝历代的诗作。这些雅称不仅增添了文章的美感，更丰富了意象本身的内涵。

五神是什么

在中国古代，对于五神的解释有很多，有的认为，五神是指五脏之灵气；有的认为，五神指五德，是先秦时期对于伦理学德行概念的解释。而这个解释不同学派又有不同的看法。阴阳家认为，五德是指金、木、水、火、土五行，儒家认为五德是指温、良、恭、俭、让五种品德。而我们这边的五神，应该是指五帝，也就是五方之神，指句芒、祝融、后土、蓐收、玄冥，亦称五行之神。

名人万花筒
MINGREN WANHUATONG

风度得如九龄否

张九龄的大名，在唐朝应该是无人不知无人不晓，除了他官至宰相的威名和出色的才华之外，最为人称颂的应该就是他的风度。就连每次有人给唐玄宗李隆基推荐人才的时候，李隆基总是会问一句：“风度得如九龄否？”时时挂念着这位被自己罢免宰相之位的开元名相张九龄。

史书中对张九龄的记载是“耿直温雅，风仪甚整”，但是张九龄的风度不仅局限于仪表的端正，更体现在他的远见和品格上。

早在安禄山进京面圣的时候，张九龄就曾告诫过李隆基，后来也一度劝说李隆基杀了他，但是李隆基没有听从张九龄的建议，最终留下了安史之乱的隐患。据说后来安史之乱后，李隆基逃难到蜀地，想起了张九龄曾经的劝告，不禁悔恨交加，便特地派遣使者到张九龄的墓前祭奠。

张九龄作为宰相一直以国家百姓为重，以辅佐皇帝成为明君为己任。但是由于秉性正直，敢直言相谏，常常令皇帝不舒服。有一次，李隆基办千秋节，官员们纷纷献上各种奇珍异宝为皇帝祝寿，张九龄却熬夜写了《千秋金鉴录》五卷，引历朝历代国家兴衰之例，劝诫李隆基要以国家大事为重，不要只想着娱乐。害得李隆基有点尴尬，好在他早期还是个想有所作为的皇帝，便欣然接受这份礼物。但是后来张九龄被罢相，盛世也走向了下坡路。

小知识问答

张九龄被罢相之后的第二年，被贬到何地去担任大都督府长史？（ ）

A. 黄州 B. 四川 C. 荆州

杨万里，字廷秀，号诚斋。与陆游、尤袤、范成大并称“中兴四大诗人”。

乙酉社日偶题

［宋］杨万里

愁边节里两相关，茶罢呼儿检历看。
社日雨多晴较少，春风晚暖晓犹寒。
也思散策①郊行去，其奈缘②溪路未乾。
绿暗红明非我事，且寻野蕨③作蔬盘。

解读赏析
JIEDU SHANGXI

“春社，民之愿；随心，吾之愿。”

这是一首七言律诗。从题目“偶题”可以看出诗人只是闲暇之余，记叙了社日之事。社日在古代是一个很重要的节日，诗人却险些忘记了。由此可见诗人的随性自在，却不失生活的雅趣。

诗人首句言“愁”，那么，他在愁什么呢？也许是社日已到，相关的节日准备却还没有办妥。诗人饮罢清茶，急急呼唤小儿拿来时历，仔细查看。今日正是社日，本该是春意盎然的时节，奈何春雨绵绵，晴天不常。这样的天气，白天春风吹拂尚且还不觉得寒冷，但是晚间晨起，却能够感到春寒料峭，寒气阵阵。

颈联中，诗人想着在社日之时拄杖外出散心，于城郊之外看青山绿水，但是怎奈沿着小溪向前行进却不得前路，只能作罢。看着这绿树红花，一派生机，想来并非诗人能够独自享有，于是诗人就此寻些野菜做一盘简单美味的菜肴，过一个闲适自在的春社日。

①散策：拄着拐杖散步。②缘：沿着。③野蕨：野菜。

诗词AB面
SHICI AB MIAN

社日节俗并不俗

社日是中国传统的节日之一，根据时间，分为春社日和秋社日，春社是立春后第五个戊日，秋社是立秋后第五个戊日，大概在春分和秋分前后。社日的起源，是由于对土地的崇拜。我国曾长期处于农业社会，对于赖以生存的大地有着深厚的感情，由此产生敬畏之心。敬畏之心催生土地神明的诞生，从而开始祭祀。祭祀的日子就是“社日”。

社日在唐代很盛行，也有很多的习俗。每当社日要祭祀的时候，村里便会击鼓报信，把村民都聚集起来，一起参加祭祀典礼。祭祀时要准备好酒好肉，祭祀完毕要一起喝下这社酒，吃下这社肉。据说这祭祀完的社酒还有治病的功效，可以把耳聋的人治好。

宋代的社日习俗跟唐代差不多，而土地信仰的风气渐浓，在各地都修建了很多的土地庙。这些土地庙与社日祭祀的地点略有不同，但都是人们对于土地信仰的见证。

名人万花筒
MINGREN WANHUATONG

杨万里：日日促装者，令下即归乡

杨万里是南宋杰出的爱国诗人，他不仅诗写得好，而且为官清廉，为人正直，高风亮节。《宋稗类钞》里记载，杨万里“立朝时，计料自京还家之裹费，贮以一箧，钥而置之卧所。戒家人不许市一物，恐累归担，日日若促装者”。诗人身在朝廷，已经知道自己早晚会触怒权贵，便早早把回家的路费存好，时刻准备离开朝堂。甚至每日都整装待发，只要皇帝一声令下，他便马上归家。他并不看重自己的官位，也不在乎权力富贵。告诫家人不要多买一件东西，以免增加归乡时的负担。由此可见杨万里内心的坦荡和人格的魅力。

杨万里退休之后，居住在南溪之上，逍遥自在，无拘无束，他一生不被官职钱财所累，因此诗作中也没有埋怨不甘之情。即使退休后仅有“老屋一区，仅庇风雨”，他依旧“聪明强健”，特立独行，问心无愧，逍遥自在于天地之间。后来皇帝又想召他做官，他却不想再回到不自在的官场中去，便婉言谢绝了。还写了一首赞美诗给自己：“江风索我吟，山月唤我饮。醉倒落花前，天地为衾枕。”也以此表达了心意。

知识小问答

杨万里死后，朝廷赐杨万里什么谥号？（ ）

A. 文忠　B. 文节　C. 忠仁

辛弃疾，字幼安，号稼轩。宋代豪放派词人，开拓了词的思想意境。

蝶恋花·戊申元日立春席间作

［宋］辛弃疾

谁向椒盘①簪彩胜？整整②韶华，争上春风鬓。往日不堪重记省。为花长把新春恨。

春未来时先借问。晚恨开迟，早又飘零近。今岁花期消息定。只愁风雨无凭准。

解读赏析
JIEDU SHANGXI

“年年岁岁花相似，岁岁年年人不同。”

这首词作于辛弃疾渡江归宋二十七年的立春日。在这样喜庆的节日，人们都忙着迎接新春的到来。但是，对于无时不盼望着恢复北方的辛弃疾来说，这样的日子，无疑让他更加愁绪满怀，时光蹉跎，何时才能一展抱负？

词的开篇先写了节日里热闹的景象，各家的少男少女忙着用盘子盛椒进献给自己的长辈，而他们的头上也都簪上了彩绸剪成的春幡。就连自己宠爱的吹笛婢整整，也争着从椒盘中取出春幡，插上两鬓。热闹是他们的，而词人有的，只是愁绪满怀。往日的时光已然无法再回忆，这年年岁岁的春去秋来，却等不到曾经以为的花开为期即北伐的约定。因此，便也“恨”上了这新春，徒增希望落空的痛苦。

下阕，作者从上阕的“恨”字写起，表达了对花开不定的怨恨之情。他曾经期盼春来花开，甚至早早“借问”花开何时，花开晚了词人便怨恨不已，花开早了又怕凋零之日将近，今年看似花期已定，词人却为接下来可能到达的风风雨雨而感到更加忧愁。词人在这里写的虽然是花期，但是实际上是写自己北伐的希望。

①椒盘：旧俗，正月初一日各家以盘盛椒进献家长，号为椒盘。
②整整：是辛弃疾所宠爱的一位吹笛婢，这里举以代表他家中的年轻人。

诗词AB面 SHICI AB MIAN

立春——二十四节气中第一个节气

古籍《群芳谱》有言：“立，始建也。春气始而建立也。”“立”是“开始”的意思，立春，就是春天开始，立春也是中国二十四节气的第一个节气。

在二十四节气里，每一个节气大概有十五天，古人将这十五天里世间万物的变化概括为节气的征候，每五天为一“候”，则立春有三候：“一候东风解冻，二候蛰虫始振，三候鱼陟（zhì）负冰。”说的是立春到了，东风送暖，大地开始解冻。立春五日之后，蛰伏的虫类开始振动翅膀，准备苏醒。再过五日，河面上冰块开始融化，鱼儿慢慢游到水面呼吸，但是因为冰块还未全部融化，有些还漂浮在水面，就好像鱼儿背负着这些冰块一样。

除了作为时间节点之外，立春还是一个重要的节日，预示着新春的到来。这一天，在民间有很多的习俗，如糊春牛、打春牛、戴春鸡、吊春穗、贴宜春字画，以及搭起“春棚”准备迎春、游春等，都是为了祈求福气，希望来年风调雨顺、五谷丰登。

名人万花筒 MINGREN WANHUATONG

辛弃疾等的“花期”是什么

辛弃疾写词有一个很突出的特点，就是擅长使用典故。在他的作品中，我们经常可以找出好几个典故的叠加，如《水龙吟 · 登建康赏心亭》中的“休说鲈鱼堪脍，尽西风，季鹰归未？求田问舍，怕应羞见，刘郎才气。可惜流年，忧愁风雨，树犹如此”，连用几个典故，却不会显得堆砌造作，反而内涵丰富，韵味无穷，这就是辛弃疾的独到之处。

除了善于用典，辛弃疾还擅长以比兴手法来抒发自己的情感，这首《蝶恋花 · 其二》，就是辛弃疾借比兴的手法，把北伐中原的日期比作“花期”，词人时时盼望的南宋朝廷改变偏安政策，出师中原。就在他写此词前两个月，太上皇赵构死了，辛弃疾认为这可能是政策改变的一次好机会。如果宋孝宗在此之后做下决断，改变偏安路线，则辛弃疾就可以举着抗金的大旗，施展平生抱负。他所等的“花开”也会如期而至。

可是孝宗此时已无心北伐，赵构刚死，他就下令皇太子赵惇“参决国事 ”，准备效法赵构当太上皇享清福了。这一消息对于辛弃疾来说无疑是一个巨大的打击，因此，词人所期盼的“花期”，仍然无期，而接下来朝堂上的“风雨”也许又是另一番无法预料的走向。

知识小问答

我国“二十四节气”在哪一年申遗成功？（ ）

A.2016 年　B.2017 年　C.2018 年

刘辰翁，字会孟，别号须溪，庐陵灌溪人。南宋末年著名的爱国词人。

雨水时节

［宋］刘辰翁

郊岭[1]风追残雪去，坳溪[2]水送破冰来。
顽童指问云中雁，这里山花那日开？

解读赏析
JIEDU SHANGXI

“春雨已至，春天未到。”

这是一首写于雨水节气前后的作品。从字面上来看，诗人描绘了一幅春意盎然、富有童趣的画面。但是联系到诗人的生平经历，我们可以发现，诗中也许蕴含着复杂而沉重的情感。

首句中，诗人运用拟人的手法，说郊外山岭的春风追逐着寒冬的残雪而去，将温暖送达各地。结冰的河面已经融化了，破碎的冰块随着山坳的小溪水而来。这一“去”一“来”，将雨水时节的一些自然现象写得灵动而有意趣。

接着，诗人不仅写自然现象，还谈到了过往的顽童。孩子指着在天空飞翔的北归的大雁问，春天已经到了，这里的山花什么时候才开放呀？急切的盼春之情由此可见。读到这里，我们不禁思考，诗人真的只是和这个可爱的孩童一样在盼望春天的到来吗？这里的春天是否有其他的寓意呢？

诗人一生命运坎坷，仕途不顺，加上经历了丧国之痛，他内心沉重的悲苦转成对未来的诘问：自然的春天已经到了，那国家的春天何时能到呢？还是一去不复返？

①郊岭：郊外山岭。
②坳（ào）：低洼的地方。

诗词AB面
SHICI AB MIAN

“雨水”三候

我国古代将“雨水”这个节气分为“三候”：“一候獭（tǎ）祭鱼；二候鸿雁来；三候草木萌动。”最开始是水獭活动起来了，把从河里抓到的鱼一条一条摆开，仿佛祭祀一般；接着，五天之后，到南方过冬的大雁开始陆陆续续飞回北方；最后，再过五天，草木在春雨的滋润下开始萌芽，大地开始恢复了生机，仿佛一切都有了新的希望。

刘辰翁词中的叠音词

在我国古代的诗词中，叠音词的使用很广泛，古人很早就注意到了叠音词在表情达意方面的独特作用。刘勰在《文心雕龙·物色》中就举例说过：“灼灼状花之鲜，依依尽杨柳之貌。”寥寥数字就把景物的神态描绘得栩栩如生。在我国最早的诗歌总集《诗经》中也经常有叠词的使用。刘辰翁在他留下的354首《须溪词》中，也运用了大量的叠音词，极具特色。

名人万花筒
MINGREN WANHUATONG

刘辰翁：南宋遗民，亡国之悲

一谈到刘辰翁，就有一个很鲜明的人物标签——耿直。在官场中，耿直不能说是一个优点，至少不是一个好的生存原则，因此，刘辰翁在仕途上的遭遇可想而知，他因为触怒了权贵而被排挤出朝廷。宋朝灭亡之后，他心灰意冷，隐居著述，也不愿意与新朝廷合作，甘愿过着清贫孤苦的生活，了此余生。

刘辰翁不仅仕途不顺，从小也命运坎坷，他幼年丧父，家中贫苦，但是他始终勤奋苦读，一生致力于自己喜欢的文学创作以及文学批评活动。他的诗词风格与他性情直爽的人物性格有关，十分豪放大气，深受苏东坡、辛弃疾的影响，形成了独特的清空疏朗的风格。

刘辰翁还是我国古代评点文学的奠基人，他对《世说新语》的评点在中国评点史上具有开创性的意义。刘辰翁处在南宋朝廷动荡不安的时候，内有皇帝不理朝政，奸臣当道，外有蒙古入侵，战乱不休，带着这种对国家未来的忧虑和随之而来的亡国之悲，他将情感倾注到对《世说新语》中魏晋名士的评点中去，以抒发自己内心的情怀。

知识小问答

我国第一部诗歌评论的专著叫什么？（ ）

A. 刘勰《文心雕龙》 B. 钟嵘《诗品》 C. 欧阳修《六一诗话》

韦应物，京兆长安人，因出任过苏州刺史，世称“韦苏州”，唐著名山水田园派诗人。

观田家

［唐］韦应物

微雨众卉新，一雷惊蛰始。
田家几日闲，耕种从此起。
丁壮俱在野，场圃亦就理。
归来景[①]常晏[②]，饮犊西涧水。
饥劬[③]不自苦，膏泽[④]且为喜。
仓廪无宿储，徭役犹未已。
方惭不耕者，禄食出闾里[⑤]。

解读赏析 JIEDU SHANGXI

“一声惊雷，吹响劳动的号角。”

惊蛰时节，一场小雨，伴着一声春雷，将沉睡的花鸟鱼虫统统唤醒。迎着温润的雨水，花儿展开花苞，变身娇艳的花娘子，躲在洞穴里的虫儿在漫长的冬眠中惊醒，也加入了迎春的队伍之中。“众卉新”写出了自然界的生机勃勃，而人们自然也没有闲着。农民们从这一天起开始播种耕种，辛勤劳作。家里健壮的劳动力都在田野里干农活，庭院改成菜地，打理得井井有条。辛勤劳作一天的农民们经常在暮色降临的时候归来，还要牵着家里的小牛犊子去西边山涧饮水。诗人通过对农民生活的描写，表现了他们的辛劳。

农民们自给自足，偶尔收成不好，免不了忍饥挨饿，他们也不自怨自艾。等着春天一场贵如油的雨水降落下来，内心充满喜悦，仿佛看到了收获的希望。诗人在这里赞美了劳作者的勤劳和朴实。国家粮仓里早已没有了往日的存粮，对于老百姓的徭役也依旧没有停止。看到农民们受到这样的苦，诗人惭愧于自己是没有参与劳作的人，所拿到的俸禄、所食用的粮食却都出自乡下这些辛勤的农民手中，心中不免百感交集，愧疚难当。

①景：日光。②晏（yàn）：晚。③劬（qú）：过分劳苦。
④膏（gāo）泽：谓贵如油的春雨。⑤闾（lǘ）里：乡里，泛指民间。

诗词AB面
SHICI AB MIAN

韦应物：浪子的忏悔

在《观田家》中，韦应物表现出了对底层劳动人民的极大同情，让人心生敬慕之心。但其实韦应物并非总是如此心系百姓，他可曾经是一位名副其实的“纨绔子弟”。

韦应物出生在官宦世家，15岁就当上了高官子孙才能够充任的皇帝“三卫郎”，这可是皇帝的贴身侍卫，一时风光无限。少年轻狂，韦应物借着圣恩开始横行乡里、藏匿罪犯、赌博放荡、调戏女子，可谓无恶不作。后来，安史之乱爆发，19岁的韦应物失去了依靠，跌入了人生的谷底，面对人生如此境遇，他突然间醒悟，之前所做的一切都是恶少行径。痛定思痛，韦应物浪子回头，开始“折节读书”，在太学里发奋苦读。韦应物本身就聪颖，加之下定了决心，后来成为唐朝著名的山水田园派诗人。

名人万花筒
MINGREN WANHUATONG

韦应物原来懂中医

韦应物是唐朝著名的山水田园派诗人，他的名句“春潮带雨晚来急，野渡无人舟自横”以其恬淡高远的意境为人称颂，广为流传。其实，韦应物不仅是一位文辞斐然的诗人，更是一位精通医理的中医诗人。

韦应物博览医书典籍，曾经表示要“好读神农书，多识草药名”，诗作中常常有涉及中医药物，以及静心养生的句子。他曾经卧病在床很久，之后便辞官幽居在山林之中，希望能够在大自然的美景中静心养病，养病期间，还写了不少记录闲居的诗作。

韦应物在山林幽居，不仅欣赏自然之景，以求得内心的愉悦，还尽心研究中草药，学医自救。他带着书童开垦荒地，去深山里采集药苗，或者跟山间人家求购药种。寻得药种回来之后，韦应物也是亲力亲为，起畦（qí）、除草、播种、浇灌、固苗，等等，做得是一件不差。等到这些草药长成，韦应物开心不已，天天在草药圃边转悠，欣赏自己的“作品”，还写诗赞美道“长廊独看雨，众药发幽姿”。之后，还用自己种植的草药给自己治病，据说效果也很不错。

知识小问答

以下哪位诗人不是山水田园派诗人？（ ）

A. 王昌龄　B. 孟浩然　C. 柳宗元

白居易，字乐天，号香山居士，与元稹并称“元白”，有《白氏长庆集》传世。

二月二日

［唐］白居易

二月二日新雨晴，草芽菜甲①一时生。
轻衫细马②春年少，十字津头③一字行。

解读赏析 JIEDU SHANGXI

“新雨初霁，花开正好，轻衫细马少年到。”

这首诗应写于惊蛰前后。

前两句写景。农历二月初二，春天的第一场雨来了又走，就像报信的喜鹊传来春天的消息。不久，天空挂起了一道彩虹，正是雨过天晴、空气清新爽朗的时候。诗人走出家门，看到远处田野之中，小草长出了嫩芽，蔬菜初生的叶芽也从土里冒了出来，远远望去，就像铺上了一层绿油油的地毯。

后两句重点在于写人。如此美好的景色让诗人产生了骑马游览的念头，于是诗人穿上春衫，牵出骏马，打算去近距离感受无限美好的春光。也许是独行，也许是呼朋引伴，一群意气风发的少年，一起驾马春游。

春天是一年的希望，象征着朝气蓬勃的年轻人，诗人现在也正处于鲜衣怒马少年时的美好时光，胸中有对未来无限的畅想，看到春天美好如斯，不禁心情愉悦，喜上眉梢。诗人来到排列成十字的渡口，发现人群拥挤，排列成一行。原来，人们都趁着这个时候出来游玩，尽情享受春天。

①菜甲：菜初生的叶芽。②细马：骏马。
③津头：渡口。

诗词AB面
SHICI AB MIAN

二月二日是什么日子

相传二月二日是轩辕黄帝出生的日子，称为“龙头节”或者“青龙节”，是中国传统节日。在这一天，上至皇帝，下至百姓，都有很多的习俗。最早起源于伏羲氏时代，每年二月初二伏羲都会“御驾亲耕”，祈求五谷丰收。

到了周武王时期，这个“御驾亲耕”的仪式还在延续，并且皇帝会带领文武百官一起耕种。到了宋代，二月二日被称为“花朝节”，人们把这一天指定为百花的生日。到元朝时称为“踏青节”，人们在这一天相约出去踏青、郊游。同时二月二日还是一个企盼学业有成的日子。过去私塾先生多是在这一天收学生，谓之“占鳌头”。学生们也会念叨：“二月二，龙抬头，龙不抬头我抬头”。在有些地区，二月二日还是女子回娘家的日子，因此这一天，人们可以看到路上有很多的行人，场面十分热闹。

名人万花筒
MINGREN WANHUATONG

会酿酒的“醉吟先生”白居易

在唐朝，诗与酒好像总是密不可分，与“诗仙”李白一样，白居易也酷爱饮酒，同时写下了很多咏酒的诗句。单就酒的种类他就写了很多，如“毯簇桃花骑，歌巡竹叶觞”里的竹叶酒；还有“蒲黄酒对病人眠”里说的蒲黄酒；“坐依桃叶妓，行呷地黄杯”里谈到的地黄酒；以及桂酒等，由此可见，白居易对酒真的是十分钟爱了。

不仅对酒的种类可以娓娓道来，白居易还会亲自酿酒。据说，白居易的故乡在当时产酒，他们家又是出名的酿酒名家，所以耳濡目染，兴趣颇丰。后来，他的母亲去世，他辞去京兆府户参军之职，回家安葬母亲并遵礼守孝。在此期间，他学习了当时酿酒名家陈贴的妙法，用重阳节的泉水，配上七月上旬制成的酒曲，酿出略带微黄的白酒，味道香醇而且甜中带辣，这样的酒封瓶贮存一段时间后方才饮用，味道极佳。

知识小问答

下列哪一项不是白居易认为的生命中重要的“三友”？（ ）

A. 酒　B. 禅　C. 诗

欧阳修，字永叔，号醉翁、六一居士，北宋政治家、文学家。

踏莎行

［宋］欧阳修

雨霁①风光，春分天气。千花百卉争明媚。画梁新燕一双双，玉笼鹦鹉愁孤睡。

薜荔②依墙，莓苔满地。青楼几处歌声丽。蓦然③旧事心上来，无言敛皱眉山翠。

解读赏析

JIEDU SHANGXI

“前尘旧事心上来，无言谁解眉上愁。”

一场春雨贵如油，滋润了大地，也将天地洗净。词人在这春分之时，看雨过天晴后的无限风光，不禁感慨万分。远处是“万紫千红总是春”的百花争艳，但是无奈各自有各自的特色，总是无法分出高下。词人把眼光收回近处，看到成双成对的春燕在雕刻着精美花纹的梁上筑巢，准备迎接新春的到来。词人似乎想起了屋檐下那只鹦鹉，住在“金碧辉煌”的笼子里，却比不得这一双燕子来得自由自在，只能在“囚笼”里孤独愁苦地睡去。

下阕中，词人从“薜荔”和“霉苔”写起，与上阕明媚的春光形成对比，整个色调一下子暗了下来。薜荔沿着墙面生长，将墙面遮掩得严严实实，看起来像是发霉的青苔铺满了湿漉漉的地面。就在这个时候，远处高楼上传来阵阵清丽的歌声，似乎触动了词人内心的回忆。突然间，那些前尘往事涌上心头，词人陷入沉默，眉头紧紧皱起，忧愁则在身上每一个角落蔓延，让人无处躲避。

①雨霁：雨水停止。②薜荔：一种蔓生植物，也称木莲。
③蓦然：突然。

诗词AB面 SHICI AB MIAN

春分三候

中国古代将春分分为三候：一候玄（元）鸟至，二候雷乃发声，三候始电。这便跟我们介绍了春分日后的一些自然现象。春分日一到，燕子便从南方飞来了。再过五日，下雨时天空便会有打雷的现象，之后还会发出闪电。欧阳修对春分还有一段精彩的描写："南园春半踏青时，风和闻马嘶，青梅如豆柳如眉，日长蝴蝶飞。"把春分时节的那种美好的景象和愉悦的心情抒发得淋漓尽致。

欧阳修创造的成语

北宋文坛领袖欧阳修，不仅在文学、史学、经学、书学等多方面有杰出的成就，还为我们后人留下了很多的成语，据考证就有八十多个。不仅有"班门弄斧""觥筹交错""不动声色""出人头地""熟能生巧""屈指可数"等脍炙人口的成语，还有"醉翁之意不在酒""不知人间羞耻事""千里送鹅毛"等类似于俗语的句子。

名人万花筒 MINGREN WANHUATONG

被伯乐晏殊"拉黑"的欧阳修

晏殊的一生顺风顺水，从7岁被认为是"神童"，到后来官至宰相，他的成才之路，可谓大部分文人一生追求的梦想标杆。除此之外，晏殊还是我们大文学家欧阳修的伯乐，可惜后来他却把欧阳修拉入了黑名单，这究竟是为什么呢?

宋仁宗天圣八年，24岁的欧阳修参加礼部举行的考试，当时晏殊是主考官。他出了一道生僻晦涩的命题《司空掌舆地之图赋》，当考生拿到这个题目的时候，很多人就蒙了，写出来的文章不是偏题就是离题。我们的欧阳修却精准扣题，并且文采斐然。当晏殊看到欧阳修的文章时，一下子就被征服了，将欧阳修确定为"省元"，就是第一名。欧阳修也十分感谢晏殊的欣赏，便以门生自称，对晏殊执弟子礼。

根据《东轩笔录》的记载，宋仁宗庆历年间，西夏侵犯边境，战事紧张。当时欧阳修去老师晏殊家里看望，却看到身为枢密使、军机大臣的晏殊在家里摆宴席，欢声笑语，一点都没有军情紧迫的样子。欧阳修就在宴席上写了一首诗，说晏殊身为军机大臣，不该这样花天酒地。晏殊看完之后十分生气，便"拉黑"了欧阳修。

知识小问答

以下哪一项不是欧阳修"六一居士"的内容？（ ）

A. 藏书一万卷　B. 砚台一方　C. 金石遗文一千卷

苏轼，字子瞻，号东坡居士，眉州眉山人，北宋著名词人、书法家。

癸丑春分后雪

［宋］苏轼

雪入春分省见稀，半开桃李不胜威。
应惭落地梅花识，却作漫天柳絮飞。
不分①东君②专节物，故将新巧发阴机。
从今造物尤难料，更暖须留御腊衣。

解读赏析
JIEDU SHANGXI

“节气常难料，世事亦无常。”

题目中的癸丑年即为熙宁六年，这一年，38岁的苏轼正在杭州出任通判。春分之后的杭州竟落了一场大雪，苏轼感于时令的反常而作下此诗。

杭州坐落在南方，冬季下雪已属不易，谁想春分已过，竟然又下起了这样大的雪，回想起来确实是十分罕见的。“半开”是指春分前后，正是桃花、李花将开未开的时节，因此桃李虽然俏而争春，却仍是经受不住春雪咄咄逼人的严寒。

“应惭”二句将柳树与梅花做对比，梅花此时已零落成泥碾作尘，只有香如故，纵使风雪又能奈何？而春桃、柳树则应为自己的见识短浅而感到羞愧，一心苦争春，却没有料到春分后的大雪，只得化作片片柳絮，随风飘零。作者用拟人的手法将梅花与柳树人格化，生动而富有感染力。

按照阴阳五行的传统说法，“东君”是司春之神，负责掌管春天。难以捉摸的“东君”在春分后又降此大雪，巧发阴谋，暗设机关，实在是不按常理出牌，令人捉摸不定。由此，作者在诗的末尾发出感叹：大自然的变化往往难以预料，变幻莫测，因此不管天气变得有多暖，仍需预备着御寒的衣物啊！

本诗写于1073年，苏轼任职杭州时期；六年后，乌台诗案发生。时令难预料，世事也是一样变化无常，因此不论是避寒，抑或是留有退路，人生路上，切记“更暖须留御腊衣”。

①不分：不按常规行事。
②东君：主宰东方之神。

诗词AB面
SHICI AB MIAN

“对比”的修辞手法

对比，就是把两个相反、相对的事物或同一事物相反、相对的两个方面放在一起，用比较的方法加以描述或说明，这种写作手法叫对比，也叫对照。在诗词写作中，对比的艺术效果往往有反衬正方，突出其鲜明特征，表现作者的好恶褒贬，进而便于突显主旨，从而给读者留下更为深刻的印象与启示。在本诗中，诗人将柳树与梅花做对比，突出了双方形象，给人鲜明的形象与强烈感受。相似的诗句还有“朱门酒肉臭，路有冻死骨”“一车炭，千余斤，宫使驱将惜不得。半匹红绡一丈绫，系向牛头充炭直”，等等。

古诗词中的“东君”到底是何方神圣

魏晋时期有曹操“见西王母谒东君”，唐有李煜“东君自不知”、白居易“暝拜朝东君”，宋有辛弃疾“且对东君痛饮”、晏几道“风流新称东君意”，元明清时期也有许有孚“东君要听渔家傲”、纳兰性德“自与东君作别”……所谓“东君”，在屈原的《九歌·东君》中是祭祀的对象，也就是太阳神；到了曹操、白居易笔下，“东君”指的是仙人东王公；在许多咏春、惜春的诗作里，“东君”是司春之神；“东君”一词发展到后期，又衍生出“东家主”等对主人尊称的意思。

名人万花筒
MINGREN WANHUATONG

苏轼与欧阳修：我们活过的刹那，前后皆是暗夜

嘉祐元年，21岁的苏轼赴京会考，小试官是诗坛宿将梅尧臣，而主考官正是赫赫有名的欧阳修。当时，主管大宋文化教育工作的欧阳修正在寻找一种创新的、有见地的新型诗词风格，苏东坡就这样带着一身清新与洒脱出现了。

仿佛是偶然的凑巧，又宛如是宿命的必然，在接二连三的巧合和误会中，苏轼成了当年考试的榜眼，也与欧阳修正式结成了师生关系。苏轼最先打动欧阳修的是过人的才华与出色的文章，而后更令其欣赏的则是非常人所及的魄力与眼界。欧阳修曾评价过苏轼这样三句话：第一句是“此人可谓善读书、善用书，他日文章必独步天下”。第二句是“读轼书，不觉汗出。快哉！快哉！老夫当避此人，放出一头地也。可喜！可喜！”第三句是“汝记吾言，三十年后，世上人更不道著我也”。在欧阳修眼中，苏轼超越自己，乃至于名扬天下，都是迟早的事情。

于苏轼，欧阳修是伯乐，亦是良友。两人对于很多事情观点相同，惺惺相惜，在欧阳修过世后，苏轼曾作数篇诗词怀念、悼念恩师，还曾以不同字体抄录欧阳修的《醉翁亭记》。在苏轼被贬江南，途经扬州时，曾来到欧阳修生前修建的平山堂。恩师已逝，知己不在，苏轼提笔写下——

“休言万事转头空，未转头时皆梦。”

知识小问答

“桃李年华”指代女子多大年龄？（ ）

A. 十三至十五岁 B. 十六岁 C. 二十岁

徐铉，五代至北宋初年文学家、书法家，与弟徐锴有文名，世称“江东二徐”。

偷声木兰花·春分遇雨

［五代宋初］徐铉

天将小雨交春半，谁见枝头花历[1]乱。纵目天涯，浅黛春山处处纱。
焦人不过[2]轻寒恼，问卜怕听情未了。许是今生，误把前生草踏青。

解读赏析
JIEDU SHANGXI

“相逢曾相识，前生情未了。”

春分时节，本应春光明媚，草长莺飞，一派明媚与柔和。俗话讲：一场春雨一场暖，春分遇雨，在不同的心境下也会滋生出不同的心绪。

词的上阕描写春雨后的景色。春色更兼细雨，点点滴滴，打湿了娇嫩的花瓣，将枝头的花朵片片打得参差不齐，好似破坏了春日的美感。放眼望去，春山浅黛好似笼轻纱，色影淡淡，朦朦胧胧，初春的景色在淅淅沥沥的雨中若隐若现，营造出缥缈空灵、清新淡雅的意境。

下阕依托春景抒发个人情感。不论是初秋或是初春，都是乍暖还寒时候最难将息，在这春寒料峭的时节，拥着一怀愁绪，最怕占卜时候算得自己仍有情事未了，到头来，或许终究是错把前世情缘再相续，误了这一世的良缘。

全诗轻率而自如，语言清新自然、冲淡雅致，颇有白居易之风，景随情出，旨在心境。难怪《宋史》如此评价徐铉：“性简淡寡欲，质直无矫饰。”

①历：逐个，一一地。
②过：胜过，超越。

诗词AB面

SHICI AB MIAN

为何要“偷声”《木兰花》

本诗词牌《偷声木兰花》所用的格调实际上源于《木兰花令》。木兰花令，原唐教坊曲名，后用为词牌，双调，五十六字，七言八句，上、下阕各四句三仄韵。以“木兰花令”为词牌的典范诗作包括苏轼的《木兰花令·次欧公西湖韵》、纳兰容若的《木兰花令·拟古决绝词》等。而所谓“偷声木兰花”就是在“木兰花令”前后段的第三句都减去三字，另“偷”平声，因此称为“偷声”。这种体裁格调创新了原“木兰花令”的格式，在本词中对表达作者心绪与情感来说更为合适。

中国古老的占卜之术

中国占卜学，在古代或称玄学，其历史可一直追溯至早期的原始社会，是建立在中国传统文化太极、八卦、阴阳等基础上的庞大学问，用于预测人、事、物过去现在未来的成败吉凶。早在商朝时期，朝廷内便有专门利用占卜预测国家兴亡与天灾人祸的人员，占卜也只有君主可以主持行使，因此商朝时期的王权具有很强的神秘色彩。到了春秋战国时期，民间也逐渐兴盛起以占卜预测个人旦夕祸福的方式，例如《氓》中的女子“尔卜尔筮”便是在占卜自己的婚姻是否顺和天意。

名人万花筒

MINGREN WANHUATONG

徐铉的一炷伴月香

徐铉拥有三寸不烂之舌，亦有一炷伴月之香。

徐铉素喜爱香道，且对香道颇有一定研究，亦是制香的大家。相传“伴月香”名字的由来是因为徐铉喜爱在月夜中露坐中庭，焚香一炷，澄心伴月，因此将自己配制出的香起名为“伴月香”。

根据记载，徐铉研制出的这款“伴月香”由沉檀、莞香、苏合香、鸡舌香、豆蔻、芸香、白茅香等原料配制而成，香品“配伍严谨，更注重香药的炮制与和合。香气、香性清幽淡雅，芳泽溢远，留香持久；有清和正气、养性虞神、调和身心之功。适用于书斋琴室、禅房净舍、会客迎宾”。

伴月香的香品清雅、淡泊，历来为后世文人所推崇。反观徐铉的诗词风格，亦是平易浅切、思致闲远，无雕琢堆砌之感的清新风格。由此，徐铉的诗词以及徐铉的伴月香才得以代代相传，至于今世。

在一个庭下如积水空明的月夜，伴着轻柔皎洁的月色，携一支伴月香，闲吟低唱一首咏月词，抛却尘世的浮华与纷纷扰扰，闲看庭前花开花落，漫看天边云卷云舒，这样的生活，真是美得不可方物。

知识小问答 哪位文人与二徐两兄弟并称“三徐”，名著江左？

韩翃，字君平，唐代诗人，“大历十才子”之一。

寒食

［唐］韩翃

春城[①]无处不飞花[②]，寒食东风御柳[③]斜。
日暮汉宫传蜡烛，轻烟散入五侯[④]家。

解读赏析
JIEDU SHANGXI

“禁体不事雕琢语，富贵闲雅自见。”

此诗描写寒食节景象和改火习俗。

开篇两句写景。暮春时节，景物宜人，整个长安城处处柳絮纷飞，落红无数。寒食节的东风轻轻吹拂着宫廷中的御柳，枝条蔓蔓。诗人抓住寒食节景物的典型特点，立足高远，以俯览全城之视野描写都邑寒食节气的景象，呈现出美好的景观。“春城”一句中的“飞”字写出了柳絮纷飞的动态之感，措辞精密，以花写风，意味深远，隽永含蓄，写出了浓郁的春意与盎然的生机。

“日暮”两句写夜晚时分，宫内忙着走马传烛，点点烛火与袅袅轻烟刻画了王室的繁华尊贵，在家家禁火的寒食节，唯有王侯贵戚可以破例燃烛，从侧面描写了王室的气派。

全诗采用白描的手法，通过对寒食节春色的描写以及对王室贵族生活的刻画，表达了对盛世承平的歌咏，因此颇受统治者与王权贵族的喜爱。该诗思绪、结构绵密而严谨，语言明白畅晓，有由昼日转日暮、皇城转御苑等多重转折，使本诗在二十八字中跌宕起伏、盆水波声、耐人寻味。《唐诗笺注》对此作有评述：“首句逗出寒食，次句以御柳斜三字引线，下汉宫传蜡烛便不突。”

①春城：暮春时的长安城。②飞花：初春柳絮纷飞，称飞花。
③御柳：指皇宫之柳树。④五侯：这里泛指天子近幸之臣。

诗词AB面
SHICI AB MIAN

关于寒食节

从春秋至今，寒食节已有两千六百多年的历史，《周礼》中曾记载：“仲春以木铎修火禁于国中。”这里的“禁火”意为古人在这个季节为防范火灾的发生而进行隆重的祭祀活动，把上一年传下来的火种全部熄灭；而“改火”则是节后重新钻燧取出新火，作为新一年生产与生活的起点，谓之“改火”或“请新火”。寒食节源于祭祖，后在春秋之后又附会以介子推的故事，这时寒食节的习俗已包括家家不生火做饭、吃冷食，以此纪念介子推这位忠臣义士。

诗人的最高境界，是靠讽喻诗飞黄腾达

韩翃写下这首《寒食》时正值中唐时期，几任昏君皆宠幸宦官，使得中唐朝廷腐败，宦官相互勾结，权势很大。对于本诗的三、四句，历来有众多论者皆认为其是在讽刺王权贵族的特权以及宦官的专宠，借汉王氏五侯之事而喻。然而本诗虽暗藏讽意，在当时可是实实在在地打动了在任的皇帝。据《本事诗》记载，唐德宗与一般朝士都十分赏识韩翃的这首诗，唐德宗特意赐予他“驾部郎中知制造”的职务，并特意亲书此诗，批道：“与此韩翃。”而一般朝士则争相传阅此诗，珍爱有加。

名人万花筒
MINGREN
WANHUATONG

韩翃与柳氏的悲欢离合

韩翃是大历十才子之一，他与柳氏有一段富有传奇色彩的爱情故事。

据《柳氏传》《本事诗》等记载，韩翃与柳氏的相逢始于一次宴会。

唐天宝年间，韩翃与李生为友，而李生有一歌姬名曰柳氏。在一次宴会上，柳氏与韩翃一见倾心，为成全好友，李生大度地将柳氏赠予了韩翃，并且自掏三十万玉成二人婚事。就这样，韩翃得了钱又得了爱情，不久后还新科及第，可谓走上人生巅峰。

然而，好景不长，突如其来的安史之乱爆发，长安、洛阳两京陷落，两位才子佳人天各一方，音信全无。为在乱世中求得保全，柳氏落发为尼，寄居法灵寺修行，而韩翃则流落青州，做了个幕府小吏。待到肃宗收复长安，韩翃便给柳氏写去了赫赫有名的《章台柳》：“章台柳，章台柳！昔日青青今在否？纵使长条似旧垂，也应攀折他人手。”柳氏也以《杨柳枝》作答：“杨柳枝，芳菲节。所恨年年赠离别。一叶随风忽报秋，纵使君来岂堪折！”

后来，柳氏为蕃将沙吒利所劫，宠之专房。但好在韩翃的好友许俊为韩翃到沙吒利的府中将柳氏救了出来，后又有肃宗下诏断柳归翃，夫妻终得破镜重圆。

“章台柳，章台柳！昔日青青今在否？”

昔日青青今犹在，只愿攀折君之手。

知识小问答

介子推为春秋时期哪国人？（ ）

A. 赵国 B. 秦国 C. 晋国

宋之问，字延清，名少连，初唐时期的诗人，与沈佺期并称“沈宋”。

途中寒食题黄梅临江驿寄崔融

［唐］宋之问

马上逢寒食，愁中属暮春。
可怜①江浦望，不见洛桥②人。
北极怀③明主，南溟作逐臣。
故园④肠断处，日夜柳条新。

解读赏析
JIEDU SHANGXI

“寒食独驻，望乡情切。

寒食节本应是阖家团圆的时候，然而对于因种种原因背井离乡的游子来说，逢此节日，思乡之情更油然而生。

唐神龙元年，宋之问因朝廷政变被贬泷洲，次年春又秘密逃到洛阳探友，本诗正是作于此时。“马上逢寒食，愁中属暮春”，诗人骑马行在前往洛阳的途中，阳春三月，寒食暮春，诗人触景生情，对于家乡的思念与对国家的忧愁在心中蔓延。站在江边的码头上远望，江水苍苍，却不见一个自洛阳而来的旅人，诗人独在异乡为异客的伤感与惆怅愈发强烈。

诗的首联与颔联写景，颈联与尾联则直接抒情。虽然被放逐南方，诗人心中心心念念的仍旧是北方英贤的君主与故乡家园，这样有家不能归的愁绪令人伤心断肠。而在那诗人日夜思念的地方，新的柳条又在这暮春时节抽出新芽，不分昼夜地生长着。

全诗笼罩着悲情之意，作者在旅途中思念故园，内心无限悲伤；同时，又从将逝的晚春与新生的柳枝中感受到了生命流逝，因而忧虑于时光的已逝与时光的易老，语言平实，情感真挚，抒发了对故乡的怀念与对君主的惦念。

① 可怜：可惜。②洛桥：一作“洛阳”。
③怀：惦念。④ 故园：家园。

诗词AB面 SHICI AB MIAN

洛阳桥下清江水，中间多少行人泪

洛桥，乃今洛阳灞桥，名气虽没有十分显赫，但有不少迁客骚人都在其上留下了不朽的诗篇。在唐朝，有薛能的《杨柳词》：“洛桥晴影覆江船，羌笛秋声湿塞烟。”还有卢照邻的“悠悠天下士，相送洛桥津”；到了宋朝，有欧阳修“花晚洛桥闲”以及梅尧臣“无由见洛桥”；明清时期，也有“洛桥轫车材弗胜”“妆成映洛桥”等诗句。有些诗人虽未到洛桥，也以洛桥入诗，例如白居易的“妾住洛桥北，君住洛桥南”；崔颢的“妾年初二八，家住洛桥头”。不仅是古代诗人，现代诗人郁达夫也在《梦醒枕上作》中写下“惆怅此生闲里过，洛桥愁听杜鹃鸣”。

名人万花筒 MINGREN WANHUATONG

宋之问：诗人中人品最烂，烂人中诗才第一

从未听说过宋之问的人在读过其诗篇后或许不会折服于其才华，但一定会为其人品之糟糕所震惊。

宋之问生得帅气，容貌清秀，而且诗才闻名当世，可以说是前途无量。他自己也很会利用自身优势，20多岁就成了唐朝的“宫廷教授”，还通过很多诗文比赛声名大噪，成为初唐文坛的掌门人。

但他一生实在劣迹斑斑。

第一件劣迹是剽窃抄袭。网络搜索“年年岁岁花相似，岁岁年年人不同”一句就会发现，这句诗同时出现在两首诗中：一首是刘希夷的《代悲白头翁》，还有一首便是宋之问的《有所思》。这两人还是舅甥关系。相传宋之问对这两句诗喜爱有加，向外甥讨要却被拒绝，一怒之下用布袋将其压死。此事虽无确凿的证据，但在诸多史书中均有记载，无论是否真实都令人咂舌。

第二件劣迹是巴结武则天的男宠。为了得到重用升官发财，宋之问常为武则天写赞颂其功德的诗，说尽好话，阿谀奉承，还去巴结武则天所宠幸的男宠，卑贱程度令人不齿。

其第三件劣迹便是出卖朋友。武则天下台后，遭贬谪的宋之问第二年便潜回洛阳，躲在友人王同皎的家中。在偷听到朋友密谋与他人企图谋反后，宋之问没半点犹豫地告发了自己的朋友，结果王同皎等人被斩首，宋之问得到赏识，被提拔为鸿胪主簿。由此，宋之问也背上了“卖友求荣”的骂名，“深为义士所讥”“天下丑其行”。

知识小问答

“仙宗十友”是出于对活动于初盛唐时期的十位文人群落的追慕而提出的一个称美性质的范畴，其中不包括哪位文人？（　）

A. 白居易　B. 李白　C. 王维

温庭筠，字飞卿，唐太原祁人。与李商隐齐名，世称“温李”。

寒食节日寄楚望二首其一

［唐］温庭筠

芳兰无意绿，弱柳何穷缕。心断入淮山，梦长穿楚雨。
繁花如二八，好月当三五。愁碧竟平皋①，韶红换幽圃。
流莺隐员树，乳燕②喧馀哺。旷望恋曾台，离忧集环堵。
当年不自遣，晚得终何补。郑谷有樵苏③，归来要腰斧。

解读赏析 JIEDU SHANGXI

“梦中已达，心念之地。”

这是一首写于寒食节的诗作。首句以景写情，芬芳的兰花因为知晓诗人的愁苦，无心改变本来的模样，但是柔软的柳条却随风飞扬，似是不舍。诗人的心已经跟着思念之人进入淮山，甚至在梦中，早已穿越“巴山楚雨”来到那“凄凉地”。美丽的花儿在春天开放，正是三月的好时节。但是，美景在前，诗人的愁绪却翻山越岭，顺着水边平地去到曾经的故园，但是，花开花谢，早已物是人非。

活泼可爱的黄莺在树枝上穿梭，掩映在叶子之间；刚出生的小燕子叽叽喳喳地叫唤着，乞求得到喂食。诗人极目远望，试图看到曾经流连忘返的高台，却望而不得，反而感觉到离别的忧思集中环绕在自己的周围，无处排解。想起当初，自己排遣愁闷，宽慰自己会回去，如今为时已晚，无法弥补。郑谷有打柴取草维持生计的方法，虽然辛苦，却乐在其中，而诗人也希望有朝一日，能够回去，拿着腰斧，过简单的生活。

①平皋：水边平展之地。②乳燕：雏燕，幼燕。
③樵苏：打柴与取草，比喻生计。

诗词AB面 SHICI AB MIAN

郑谷是谁

郑谷，字守愚，是唐末著名诗人。郑谷7岁就能写诗，史书上说“自骑竹之年则有赋咏”。他的父亲郑史是永州刺史，当时著名诗人、诗论家司空图有一次与郑谷的父亲聚会，看到了郑谷，“见而奇之”，便拍拍郑谷的背说：“你应该会成为一代引领文学风向的人物。”

郑谷也被人称为“郑鹧鸪”，因为他曾经写过鹧鸪诗，并广为流传。除了“郑鹧鸪”，郑谷还有一个外号叫“一字师”。在晚唐期间，湖南有一位僧号“衡岳沙门”的诗僧齐己写了一首诗《早梅》，带到郑谷隐居的仰山去找他，希望郑谷能够帮他看看写得好不好。郑谷看到诗里有一句是“前村深雪里，昨夜数枝开”，他说，“数枝”梅就看不出是“早梅”了，不如用“一枝”会更好。齐己听他这么一说，一改之下，不觉惊叹这“一”字改得真妙，之后便认郑谷为“一字师”。

名人万花筒 MINGREN WANHUATONG

逛青楼被群殴的温庭筠

在古代，男人去青楼找乐子，并不能算什么大罪。在开明的唐代，很多文人都会不时约上几个好友，在“莺歌燕语”中寻找写作的灵感。但温庭筠逛青楼居然被群殴，还不止一次。

温庭筠年轻时，在扬州一家青楼里看到一位陈姓女子很是喜欢，但这位女子跟当时的常州刺史姚勖（xù）是老相好，为了抢这个女子，双方居然撸起袖子就打。对方仗着人多势众，把温庭筠群殴了一顿，还夺了温庭筠的居留权，把他赶回老家。温庭筠因此名声受损，后来科考多次不中，几乎影响了一生。

温庭筠将近40岁时继续参加科举考试，在京兆府得副榜贡生的名额，却最终没能参加省试。当时温庭筠是庄恪太子的门客，因为杨贤妃的陷害，庄恪太子和很多门生都被杀。温庭筠侥幸逃过一劫，但是后来在青楼里与支持杨贤妃的一帮官员争夺青楼头牌的时候发生冲突，温庭筠又被群殴，仕途也可想而知。

第三次被打是在温庭筠63岁的时候，当时他穷困潦倒，不是去逛青楼，而是去青楼讨吃的，结果被巡逻的小兵打了耳光，据说把牙齿打掉了好几颗。

知识小问答

寒食节最早是与哪一位历史人物有关？（ ）

A. 钟子期 B. 介子推 C. 孔子

杜牧，字牧之，号樊川居士。京兆万年（今陕西西安）人，唐代诗人、散文家。

清明

［唐］杜牧

清明时节雨纷纷①，路上行人欲断魂②。
借问酒家何处有？牧童遥指杏花村③。

解读赏析
JIEDU SHANGXI

“清明时节雨纷纷，意境阑珊至此闻。”

这首诗是写清明时节的名作。开篇就点明了清明最常见的自然景象——下雨，这纷纷扬扬的雨，下得路上行人魂牵梦萦，好像离人的愁，又似故人的泪。清明有祭祀祖先的传统，不知道是自然现象使然，还是时节的氛围，每到这个时候，总是雨水纷纷，天地之间朦胧一片。行人匆匆，意境阑珊。

诗人外出在路上看到牧童，亲切地询问附近哪里有最近的酒家，牧童抬手指着远处酒旗飘扬的地方，说，就在远处的“杏花村”。诗歌戛然而止，没有说诗人是否去了杏花村，是否喝上美酒，反而像中国古典绘画的留白艺术，留给读者无限的想象。前面两句，寥寥数字，就把清明时节那种清冷、萧条的景象描绘得十分生动，而后面两句，诗人借一问一答把整个画面的冷寂打破，转而增添了人的味道，使整首诗保持一个和谐的节奏，起伏有度。

①纷纷：朦胧的样子。②欲断魂：失魂落魄的样子。
③杏花村：远处的酒舍。

诗词AB面 SHICI AB MIAN

杏花村在哪里

杏花村因杜牧的一句“借问酒家何处有？牧童遥指杏花村”而享誉天下，成为后来无数文人墨客竞相追逐的文化符号。那么，杏花村究竟在哪里呢？

杏花村，位于今安徽省池州市贵池区，是一个距今已有一千三百多年历史的村子。杜牧在会昌四年（公元844年）任池州刺史，第二年清明时节，他到杏花村赏春游玩，有感而发，写下了这首《清明》。据说杏花村原来不过是几间“沦为荒烟野草之中”的茅舍酒肆，正是杜牧的诗让杏花村为人所知，名留千古。杏花村后来被称为“中国最古老的酒庄”，以杜牧诗中谈到的酒家和历史上记载的杏花村黄公酒而闻名于世。因为有很多的诗人如李白、白居易、杜荀鹤、梅尧臣、岳飞、李清照、杨万里等，都留下了不朽的作品，因此，杏花村也被称为江南诗村，池州则被誉为“千载诗人地”。

名人万花筒 MINGREN WANHUATONG

一个当不了政治家、军事家的诗人杜牧

杜牧出身于宰相之家，是宰相杜佑的孙子。从小接受了很好的教育，他也在青年时期就立下大志，希望未来能够施展才华，成就一番事业。但当时唐王朝经历了安史之乱，国家已经不复当初的盛世风光。内有宦官专权，党派斗争，外有藩镇作乱，异族侵略。对于百姓，朝廷又不断地加重赋税，百姓生活困苦不堪，国家一片混乱。在这种境况之下，杜牧希望能够尽平生所能，拯救大唐于水火。

他认为藩镇的跋扈需要用战争来解决，因此他积极学习和研究军事方面的书籍，写了像《罪言》《战论》《守论》等十分有见地的军事文章，还精心注释了《孙子兵法》，力求通过平息叛乱来稳定政局。但是，当时的朝廷大臣思想腐朽，都只想维护自己的利益，谁都不愿意接受他的建议，因此他并未得到重用。后来，“甘露之变”发生，数千人被宦官集团所杀，杜牧因为当时身在洛阳，幸免于难。但是这次政变沉重地打击了杜牧的心，晚唐的气息渐衰，也许不是他能拯救得了的，心意难平的杜牧只能在诗中长歌当哭了。

知识小问答

杜牧与以下哪位诗人并称为“小李杜”？（ ）

A. 李贺　B. 李清照　C. 李商隐

晏殊，字同叔，抚州临川（今江西抚州市）人，北宋词人，词集《珠玉词》。

破阵子

［宋］晏殊

燕子来时新社①，梨花落后清明。池上碧苔三四点，叶底黄鹂一两声。日长飞絮轻。
巧笑②东邻女伴，采桑径里逢迎。疑怪昨宵春梦好，元是今朝斗草③赢。笑从双脸生。

解读赏析
JIEDU SHANGXI

“邂逅一片春光，遇见一份喜悦。”

词的上阕写景，点明了季节相应的景物。燕子飞来的时候，清明节在梨花落尽、满地雪白的时候悄然而至。诗人走到屋外，不经意发现池畔因为潮湿已经有了不少青绿色的苔藓，碧绿鲜翠。还未及细看，突然听到头顶传来了几声黄鹂的鸣叫，十分清澈悦耳，原来是黄鹂躲在树叶下，轻快地叫唤。“三四点”和“一两声”并不是实指，而是指不多，一点点。词人将这清明时节的景象从视觉和听觉上描绘出来。春天到了，白昼渐渐变长，阳光透过树叶在地上投下了点点光斑，透过这明媚的阳光，诗人看见柳絮在空中轻舞。

下阕写人，春光尚好，久在深闺的少女都出来踏青游玩。东邻的女郎，也呼朋引伴，嬉戏着去采桑，在桑田路上与少女们不期而遇。她们兴高采烈地玩着斗草的游戏，东邻的女郎还在纳闷昨天夜里怎么都做了美梦，原来是预兆今天斗草会赢。想到这里，她的嘴角忍不住微微上扬，笑意就从脸颊蔓延开来。

①新社：春季祭祀土地神的日子。②巧笑：美好的笑。
③斗草：古代民间游戏，流行于中原和江南地区。

诗词AB面
SHICI AB MIAN

斗草怎么玩

斗草，是一种有趣的民间游戏，在中原和江南地区很流行。这种游戏在南北朝时称“踏百草”，到了唐代开始称“斗草”或者“斗百草”。那么，具体要怎么斗呢？斗草分为“文斗”和“武斗”。文斗就是对花草名，女孩们采来百草，以对仗的形式互报草名，看谁采的草种多，对仗的水平高，并坚持到最后，谁便获胜，“文斗”需要一定的草药知识积累和文学修养。那么“武斗”则需要一定的力气。所谓“武斗”，就是对阵双方先各自采摘具有一定韧性的草，然后相互交叉成“十”字状，双方分别抓着一头用力拉扯，以草不断的人为胜。

斗草的起源普遍认为与中医药学的产生有关，远古先民生活单调，在劳作之余，用斗草、斗虫、斗兽等娱乐，加之每年端午，人们为了去暑消疾，往往外出采集草药，也会把艾草插在门上，驱除毒疫。后来，人们便利用采集的草药进行“斗草”游戏。

名人万花筒
MINGREN WANHUATONG

给晏殊“拆台”的宋祁

宋祁是北宋宰相晏殊的得意门生，两个人既是上下级，又是师生，关系十分密切。据说有一次，宋祁来晏殊府中找他，晏殊立即设宴款待，又叫来能歌善舞的歌姬奏乐助兴。美酒配佳人，歌舞曼妙。两人兴致高涨，饮酒赋诗，十分愉悦。

但是宋祁回去以后做了一件让人出乎意料的事情。他回家之后，便动笔书写第二天上朝面圣时的奏章，而奏章内容则是揭发晏殊借助掌握国家重权之机，大肆敛财，并截留军中各种开销为自己所用。这个奏章送上去之后，宋仁宗对晏殊就地削职降级，家产全部充公，择期发放到颍州。这个奏章让晏殊的仕途和人生轨迹发生了很大的转变，很多人害怕被影响，都赶紧与晏殊撇清关系。

但是这个时候，宋祁却表现的与他人不同，他大大方方地公开宴请晏殊，晏殊也大方地接受邀请，两人依旧在宴席之上吟诗作赋，畅饮达旦。等到晏殊被降职离京的时候，宋祁陪着晏殊步行三十里送行，最后实在送不了，只得洒泪作别。

宋祁举报晏殊的行为看似不仁不义，但是深究下去，我们不难看出宋祁为人的正直，在他心中有一杆秤，他知道个人私情与国家利益孰轻孰重。

知识小问答

“东邻女”这个典故与哪一位人物有关？（　）

A. 宋玉　B. 潘安　C. 阮籍

吴文英，字君特，号梦窗，晚年又号觉翁，四明（今浙江宁波）人。

风入松

［宋］吴文英

听风听雨过清明，愁草①瘗花铭②。楼前绿暗分携路，一丝柳、一寸柔情。料峭春寒中酒，交加晓梦啼莺。

西园日日扫林亭，依旧赏新晴。黄蜂频扑秋千索，有当时、纤手香凝。惆怅双鸳③不到，幽阶一夜苔生。

解读赏析
JIEDU SHANGXI

“门前旧行迹，一一生绿苔。”

这首词表达的是吴文英对爱人的思念之情。上阕首句，词人写清明时节的风雨，却用了“听”字，也许词人正在屋内，不必出门就知道这销魂的时节，必是一片凄风楚雨。他想着这样的风雨过后，该是满地的落花，但是词人没有心情写一篇葬花铭文，因为此刻词人的心中满是酸楚。他想到风雨之中的楼前小路，是曾经与爱人分别时的路，现如今，那条路旁绿柳成荫，丝丝柳条随风雨而起。“一丝柳、一寸柔情”，万千细柳，柔情寸寸。仿佛词人伸出挽留的手，却拦不住故人的步伐。春寒料峭，满腹愁绪无法排解，词人沉醉于酒中，希望能在梦中相会，却被窗外的莺啼之声惊醒，恍惚之间，惆怅更甚。

下阕，词人表达了自己殷切的盼归之情，他天天打扫昔日的情定之处——西园，希望等爱人回来，依旧欣赏美丽的春光。但是西园里，黄蜂依旧绕着秋千盘旋飞舞，却见不到当初肤如凝脂的纤纤玉手抓着秋千嬉戏。将实写的黄蜂与虚写的纤手结合，营造一种时空交错的迷蒙的意境，表达了因爱人不再出现的无限惆怅之情。最后，词人把笔落到了台阶上的青苔，思念的人已经离开很久了，青苔都长满了台阶，把所有的苦涩和悲伤都融在细腻的景物之中，真挚感人。

①愁草：指没有心情写。草，起草，拟写。②瘗（yì）花铭：瘗，埋葬。铭，古代用于铭刻的文字，逐步形成一种文体。③双鸳：指女子的绣花鞋。这里兼指女子本人。

诗词AB面

SHICI AB MIAN

古代女子的鞋都有哪些种类

古代女子的鞋子在不同朝代有不同的名称，也有不同的类型。词中的“双鸳”是指女子的鸳鸯木屐，木屐是汉末女子出嫁时穿的鞋子，还有一种称为“喜鞋”，也是女子出嫁时所穿。除此之外，还有绣花鞋，以及翘头履，唐代的翘头履是以罗帛、纹锦、草藤、麻葛等面料为履面，其履底薄，履帮浅，较轻巧便利，翘头做成凤头、虎头等，生动逼真又十分讨巧。清代则是很有特色的厚底旗鞋，有的底甚至高达二十厘米。

《葬花吟》

与林黛玉一样，吴文英对落花也有着特别的感慨。他将落花扫成堆，并埋葬起来，葬花之后，觉得内心不安，想着应该为其拟一个瘗花铭，却因为满心的愁苦没有心情写下去。在《红楼梦》里也有葬花这个情节，林黛玉看到满地落花，联想到自己的处境，心生悲戚之情，便以花喻人，吟唱出凄美动人的《葬花吟》，后来葬花也成了文学典故。

名人万花筒

MINGREN WANHUATONG

吴文英糟糕的恋爱史

说实话，如果不是吴文英留下一些值得称颂的词作，他应该会在历史的长河中如尘埃一般，悄然而逝，不留一点痕迹。吴文英一生以游幕为生，没有中第。而他不仅仕途不如意，他的爱情经历也是一次次以悲剧收场。

吴文英年少时喜欢过一位姑娘，可惜命不垂怜，这个姑娘掉进水里淹死了，吴文英爱情的悲剧就此开始。成年之后，他在苏州娶了一个小妾，这个小妾后来丢下他走了，爱情悲剧再现。而之后他在杭州的爱人，也早早地病死了。这些伤心的过往，在他的心中萦绕不止。他的词作里也反复出现对于爱情悲剧的惋惜和对故人的怀念，到后来，他的大部分词作都以这些女子的点滴作为内容，可见他内心的悲苦。

他曾经在杭州居住了十年，在此期间，他几乎不出门，史书上说他是因为生病而无法出门，实际上，他只是害怕出门之后，看到曾经熟悉的地方早已没有了陪伴在身边的人，面对物是人非、到处都让他触景生情的杭州，他宁愿躲在家中，独自品尝失去的滋味。

后人对于吴文英词作的评价呈现两极分化的态势，有的认为他的词作堪比苏轼、辛弃疾，有的人则认为他的词作像“老太婆的裹脚布——又臭又长”，至于孰是孰非，就留给后人继续探讨吧。

知识小问答

吴文英在写词的形式上别具一格，《四库全书总目提要》将吴文英与以下哪位诗人相提并论？（　）

A. 杜甫　B. 李商隐　C. 苏轼

韦庄，字端己，杜陵人，唐朝花间派词人。

长安清明

［唐］韦庄

蚤是伤春梦雨天，可堪[1]芳草更芊芊。
内官初赐清明火，上相闲分白打钱。
紫陌乱嘶红叱拨[2]，绿杨高映画秋千。
游人记得承平事，暗喜风光似昔年。

解读赏析
JIEDU SHANGXI

“长安歌舞几时休？”

这首诗以盛景写悲，悲凉至极。长安清明，太平盛世，这样的太平不过是粉饰了的太平。所谓的“暗喜风光似昔年”不过是“暖风熏得游人醉，直把杭州作汴州”。

韦庄虽是花间派的代表人物之一，词作却清丽流畅。诗人通过描写长安清明时节的景象，流露出对真正盛世的向往及对当下朝廷的失望。

首联写伤春。猝不及防的早春时节，春雨霏霏，让人心烦意乱，旺盛的芳草看起来徒增愁绪。“蚤是”“可堪”这两个虚词，语意层层递进，将诗人内心的凄楚表现得深长而急切。

上一句写独自伤春，颔联却转折写宫中的娱乐。“内官初赐清明火”写的是皇宫内清明节取榆柳火赏赐近臣的节俗。“上相闲分白打钱”写的是百官的蹴鞠游戏之乐。一个“闲”字生动地把百官无心朝野而沉迷娱乐的形象展现出来。

颈联写宫外盛景。游春繁盛，莺莺燕燕，热闹非凡。京城的道路上，游春的人群络绎不绝，宝马接踵而至，马蹄声不绝于耳。绿树掩映的庭院中，妇女孩童快乐地荡着秋千。目所能及，恣意欢乐。

尾联是反讽。这样的热闹风光好似太平盛世，但是是真实的吗？不，这只是虚假的表象。繁荣的背后是岌岌可危的国势。更可怕的是，这样严峻的形势下，宫内宫外却都乐不思蜀，纸醉金迷，无心朝野。

全诗以太平盛景，反衬出诗人的“伤时伤世复伤心”的悲郁之情。

①可堪：意思是不可堪，不能忍受。②红叱（chì）拨：唐天宝中从西域进汗血马六匹分别以红、紫、青、黄、丁香、桃花叱拨为名，这里泛指骏马。

诗词AB面
SHICI AB MIAN

清明赐火是什么习俗

寒食节来源已久，相传上古时代，人们为了农耕求雨，便在每年寒食节期间（在清明节前，持续时间较长）祭祀雨神——请求雷雨之神的降临。这个期间举国禁火，只能吃事前备好的熟食（即寒食），所以这段停火期也叫寒食节。到了清明，又要重新取火。于是唐代的皇帝于此日要举行隆重的“清明赐火”典礼，把新的火种赐给群臣，以表示对臣民的宠爱。韩翃《寒食》诗有云：“春城无处不飞花，寒食东风御柳斜。日暮汉宫传蜡烛，轻烟散入五侯家。”讲的便是此事。

“白打钱”真的白白给钱吗

“白打钱”并不是白白给钱，而是指蹴鞠游戏。蹴鞠游戏中优胜者可以获得赏赐，所以俗称“白打钱”。唐代王建的《宫词》中写道：“寒食内人长白打，库中先散与金钱。”其中的“白打”就是蹴鞠。明代王志坚的《表异录·言动》中记载：“白打，蹴踘戏也。两人对踢为白打，三人角踢为官场。”

名人万花筒
MINGREN WANHUATONG

秦妇吟秀才韦庄

韦庄以花间派代表闻名，与温庭筠并称为“温庄”，然而，他还有一个更值得记住的名字：秦妇吟秀才。

唐末年间，黄巢军攻入长安，皇帝出逃，大唐盛世轰然倒塌。此时，人已中年的韦庄由于进京科考，被困城中，目睹了长安城内王权坍塌、旗号变换、兵荒马乱、生民涂炭的混乱、悲惨景象。加之战乱之中，韦庄与家人失散，后来有幸逃离长安。目睹黄巢军的残暴和大唐王权的倒塌使韦庄深受刺激，创作了长篇叙事诗——《秦妇吟》。韦庄借一位长安逃难女子之口，“自述”了他目睹、耳闻的种种乱象，反映了战争给人民带来的深重灾难。

《秦妇吟》一出，迅速受到了文人的追捧，甚至有人将诗制为幛子摆放或悬挂。韦庄便被呼为“秦妇吟秀才”，与“长恨歌主”白居易并称诗国佳话。陈寅恪先生认为，韦庄的这首《秦妇吟》“不仅超出韦庄《浣花集》中所有的诗，在三唐歌行中亦为不二之作”。

后世也高度认可此诗，把《秦妇吟》与《孔雀东南飞》《木兰辞》并称为“乐府三绝”；甚至有人认为这首诗是继杜甫“三吏三别”和白居易《长恨歌》之后唐代叙事诗的第三座丰碑。

知识小问答

以下哪位诗人不是花间派代表？（ ）

A. 温庭筠　B. 韦庄　C. 韦应物

司马扎，唐代诗人，著有《司马先辈集》。

上巳日曲江有感

［唐］司马扎

万花明曲水，车马动秦川。
此日不得意，青春徒少年。
晴沙下鸥鹭，幽沚[1]生兰荃[2]。
向晚积归念，江湖心渺然。

解读赏析
JIEDU SHANGXI

“青春若有张不老的脸。”

司马扎并不出名，这首诗更不出名，全诗也并无难解之处。但是读到“此日不得意，青春徒少年”这样的句子的时候，我们却像是触电般被击中了心灵深处。大概他说中了我们无病呻吟又自以为是的青春年少吧。

首联讲的是上巳节盛况。春光灿烂，草长莺飞，流觞作乐，车如流水马如游龙，秦岭之下熙熙攘攘，好不热闹。

颔联一句“此日不得意，青春徒少年”颇得我心，有种桀骜不驯的洒脱。这样的盛景之下，若是不能尽兴，那真是白白糟蹋了大好的青春时光。这是阳光灿烂的日子，这是只属于青春年少的时光。如果不能得意，不如统统失去。

颈联写春景。万里晴空下的碧水旁，鸥鹭低飞；江湖中的小湿地，自然生长的兰花，绰约多姿。画面有声有色，有动有静，自然舒适。

尾联写心情。不知不觉，暮色已降，该是倦鸟归林的时候了。然而我的心依旧飘摇在这江河湖海之中。

这首诗，写的就是我们无处安放的青春吧。且热烈且狂傲且孤独且缥缈。

①沚：水中的小块陆地。《尔雅·释水》：“小渚曰沚。”
②兰荃：香草。

诗词AB面
SHICI AB MIAN

上巳节是什么节

古代把农历三月的第一个巳日定为“上巳”，从汉代开始“上巳”定为节日，魏晋之后，上巳节定为每年三月三日。相传，上巳节是为了纪念抟土造人的伏羲和女娲。《后汉书·礼仪志上》中有记载，“是月上巳，官民皆洁于东流水上，曰洗濯祓除，去宿垢病”。古代人们习惯在上巳节这天在水边洗濯污垢，祭祀祖先。这样的风俗也叫作祓禊（fú xì）、修禊、禊祭，或者单称禊。渐渐地，上巳节便发展成水边饮宴、郊外游春的节日。

流觞曲水——古时的“丢手绢”

流觞曲水语出王羲之的《兰亭集序》：“又有清流激湍，映带左右，引以为流觞曲水。”这是上巳节的风俗，原意本为祈福免灾，后来逐渐发展成为一种娱乐方式。古代文人雅士会在回环弯曲的水渠边集会，在上游放置酒杯，杯随水流，流到谁面前，谁就取杯把酒喝下并赋诗一首。如此循环往复，直到尽兴为止。这就是古人的“击鼓传花”或原始版“丢手绢”。本诗中的“万花明曲水”指的便是这种娱乐方式。

名人万花筒
MINGREN WANHUATONG

布衣诗人司马扎

现在留存下来的关于司马扎的资料非常少，我们仅能知道他是唐宣宗大中年间的诗人，尚有诗名，经历坎坷，留存下近40首诗。其余资料寥寥。从某种意义上来说，司马扎也许就是诗人中的“平民布衣”。像这样不曾被历史记载下来的布衣诗人，在中国古代历史上恐怕很多很多。虽然从艺术成就及对后世的影响上来看，这些布衣诗人远比不上大诗人。但，他们在大唐这样一个诗歌王国里，也积极参与到诗歌创作中，为诗歌的繁荣做出了贡献。

司马扎作为布衣诗人，部分诗篇虽然艺术性不高，却有很强的思想性，可以看出其作为诗人的敏锐感知。其部分句子，干净利落，直击心灵，读来动容。例如：

《宫怨》：“柳色参差掩画楼，晓莺啼送满宫愁。年年花落无人见，空逐春泉出御沟。”

《南徐夕眺》：“故里无人到，乡书谁为传。”

《近别》：“咫尺不相见，便同天一涯。何必隔关山，乃言伤别离。君心与我心，脉脉无由知。谁堪近别苦，远别犹有期。”

《古思》：“门前长江水，一去终不回。”

知识小问答

“秦川”是古时地区名，指的是古时哪个地方？（ ）

A. 祁连山脉　B. 大兴安岭　C. 秦岭以北平原地带

李清照，号易安居士，宋代杰出女词人，提出词“别是一家”的理论。

蝶恋花·上巳召亲族

［宋］李清照

永夜恹恹[1]欢意少。空梦长安[2]，认取长安道。为报今年春色好，花光月影宜相照。
随意杯盘虽草草[3]。酒美梅酸，恰称人怀抱[4]。醉里插花花莫笑，可怜春似人将老。

解读赏析
JIEDU SHANGXI

“物是人非事事休。”

李清照初期的词写愁，是少女的愁，颇有“为赋新词强说愁”的况味。后期的愁，则是真真切切的离愁痛楚，字里行间愁情难掩。

这首词虽然具体时间难考证，但是可以大致判断应是李清照南渡之后的词。前三句奠定了全词的基调和情感。“永夜恹恹欢意少”，开门见山，直叙情绪。漫无止境的长夜里惆怅满怀。“空梦长安”是失望，是愤恨，也是无奈。旧日汴京好，如今空相思。

“为报今年春色好，花光月影宜相照”，春色依旧，花好月圆，好像一切都没改变。言外之意却是物是人非，时局早已不同从前了。

“随意杯盘虽草草。酒美梅酸，恰称人怀抱”，回扣主题，上巳节亲族聚会。美酒佳肴，虽然简单，却称心如意，一切看起来很是美好。但言语之间，却有种无心关注的敷衍。

“醉里插花花莫笑，可怜春似人将老”，这两句词人看似用“花也笑我”来调侃自己，其实隐藏着“人将老，国已丧”的深沉感慨。

这首词里的物是人非意味极浓，因为它包含两个层次的物是人非。一是家国已破。虽然春色依旧，花月如昔，但是山河已改，社稷已衰，怎能一样？二是容颜已老。“我”如今醉了也还会想要簪花，但是，又怎能一样呢？如今簪花恐怕花也要嘲笑“我”了。“我”，是老了。

①恹（yān）恹：精神萎靡不振的样子。②长安：原为汉唐故都，这里代指北宋都城汴京。
③草草：简单。④称：合适。怀抱：心意。

诗词AB面 SHICI AB MIAN

惜花的宋朝人

宋朝人爱花，有多爱呢？宋朝每年春天都会举办盛大的“花朝节”，《梦粱录》中有记载：“仲春十五日为花朝节，浙间风俗，以为春序正中，百花争放之时，最堪游赏。”所以宋朝最繁华的节日，只不过是为了出门看花。

宋朝人不只看花，也“簪花”。男女老少，官商士农，都以簪花为时尚。“虽贫者亦戴花饮酒相乐”。欧阳修在《洛阳风俗记》中也记载，：“洛阳之俗，大抵好花。春时城中无贵贱皆插花。”周密《乾淳岁时记》说，六月时节，茉莉花刚上市，“其价甚穹（高），妇人簇戴，多至七插，所直数十券”。所以宋朝人爱花，是打心底爱。

这首词中的“醉里插花花莫笑”讲的就是宋朝人簪花的习惯。苏轼在《吉祥寺赏牡丹》中写道：“人老簪花不自羞，花应羞上老人头。”李清照反其意而用之。

名人万花筒 MINGREN WANHUATONG

诗情酒意，当仁不让

任何一个时代，酒都可能是诗人的催化剂。

李白的诗因为有了酒，就多了几分狂妄洒脱。

李清照的词因为有了酒，就添了几许骄纵自我。

从古至今，没有哪一个女诗人，能把酒写得如此通透。年轻时写酒，是以酒会友；结婚后写酒，是品酒谈诗；寡居后写酒，是借酒消愁。李清照的酒词，妙就妙在：以酒入词，而词无醉态。

“三杯两盏淡酒，怎敌他、晚来风急？”（《声声慢》）写的是忧愁酒难浇，借酒消愁愁更愁。

“常记溪亭日暮，沉醉不知归路。兴尽晚回舟，误入藕花深处。”（《如梦令》）写的是贪欢尽兴后的意外惊喜。

“昨夜雨疏风骤，浓睡不消残酒。”（《如梦令》）写的是酒醒后的迷糊。似醒非醒，红花绿叶也成了“绿肥红瘦”。

“人道山长水又断，萧萧微雨闻孤馆。惜别伤离方寸乱，忘了临行，酒盏深和浅。”（《蝶恋花》）写的是以酒赠别。酒多酒少，酒深酒浅，都不重要，重要的是一个字——喝！

李清照这笔下的诗情酒意和妙趣，世间难有！

知识小问答

词中的“酒美梅酸”中的“梅酸”指的是？（ ）

A. 味酸的青梅　B. 菜肴酸辣不可口　C. 代指菜肴可口，梅是古代所必需的调味品范成大，字至能，一字幼元，号此山居士、石湖居士。南宋名臣、文学家。

蝶恋花

［宋］范成大

春涨一篙添水面。芳草鹅儿，绿满微风岸。
画舫夷犹[1]湾百转。横塘塔近依前远。
江国[2]多寒农事晚。村北村南，谷雨才耕遍。
秀麦连冈桑叶贱。看看[3]尝面收新茧。

解读赏析 JIEDU SHANGXI

“田园诗画。”

这首词真是美好，纯粹、简单、明净，淡淡的笔触勾勒出恬美安逸的田园生活，让人心生向往。

上阕“春涨一篙添水面。芳草鹅儿，绿满微风岸。”描绘了一幅清新的早春水乡画卷：春江水溢，草儿嫩绿岸边吹，小鹅嫩黄水里游。风轻轻拂过，荡起一波碧绿。画面极美，不由得让人联想到电影《雏菊》的开头。

“画舫夷犹湾百转。横塘塔近依前远。”没有一词写人写情，却让人感受得到人在景中。游船绕着河流缓缓驶过，远处的塔似远似近，写的是诗人极其放松惬意的状态。此时无所思，无所想，且就看看沿途风光，便十分美好。

下阕“江国多寒农事晚。村北村南，谷雨才耕遍。”写的是农事，不紧不慢，村南村北，农民们自得其乐，慢慢耕遍。有些诗人写起农事来是极为沉重的，但是范成大笔下的农事却井然有序，分外轻快。

“秀麦连冈桑叶贱。看看尝面收新茧。”写的是麦穗漫冈遍野，桑叶郁郁葱葱，农桑丰收在望。“看看”颇有展望的意味。看着眼前这丰收在望之景，仿佛可以看到自己已经吃着麦子做的面，收着新蚕了。言语之间，流露出乐观、幸福、满足之感。

钱锺书在《宋诗选注》中评价这首诗是“也算得中国古代田园诗的集大成”，想必也是对这种生活状态的认可。

①夷犹：犹豫迟疑，这里是指船行迟缓。②江国：水乡。
③看看：转眼之间，即将之意。

诗词AB面
SHICI AB MIAN

昆山诗社

古代诗人也有自己的交友圈，喜爱三五好友结伴吟诗作对，久而久之，相互影响，也就成了诗社。《红楼梦》第三十七回探春不也成立了一个诗社？

范成大也曾加入过诗社。他所在的诗社籍籍无名，但颇有诗意——昆山诗社。

昆山诗社成立于南宋初年，社首（即社长）是乐备，有德有行，文才颇佳。昆山诗社主要社员有：李衡、耿镃、钟孝国、石驹、石希颜、马先觉、范成大等。好像也就范成大比较有名。所以范成大加入诗社的时候，诗社成员都十分高兴，还作了一首诗《喜乐功成招范至能入诗社》，可谓“喜形于诗”了。

名人万花筒
MINGREN WANHUATONG

南宋四大书法家之首——范成大

北宋有四大书法家：苏轼、黄庭坚、米芾、蔡襄。南宋也有四大书法家，分别是范成大、陆游、朱熹、张即之，排首位的就是范成大。巧妙的是，范成大的太外公就是蔡襄。

范成大虽是南宋名臣，但是受时局所影响，他的政绩远不如他的文学成就和书法成就。倒是他游宦生涯中创作的大量诗文和在各地所题书迹，成为宝贵的书学材料。

范成大的书法早期从太外公蔡襄入手，后来以苏轼、米芾为榜样，并且融汇百家，上及晋唐二王、褚遂良、颜真卿、柳公权、杨凝式，兼及北宋诸贤，虽未必每个书法家神韵都兼有，但终能变体而“遒劲可观”。

此外，范成大十分重视对传统书法的继承，他认为学习书法须视真迹：“学书须是收昔人真迹佳妙者，可以详视其先后笔势，轻重往复之法。若只看碑本，唯得字形，全不见笔法神气，终难精进。（《负喧野录》卷下《学书须视真迹》）”

范成大诗名较盛，书法倒是不如其诗文有名。但是，他的书法温润典雅，俊伟清新，具有动态美，充满生命力，值得一提。

知识小问答

“春涨一篙添水面”中的“一篙”是指？（ ）

A. 水的深度　B. 撑船的工具　C. 用作动词，用篙撑船

本章知识小问答答案

第 3 页　正确答案：A. 耿京

第 5 页　正确答案：C. 荆州

第 7 页　正确答案：B. 文节

第 9 页　正确答案：A.2016 年

第 11 页　正确答案：B. 钟嵘《诗品》

第 13 页　正确答案：A. 王昌龄

第 15 页　正确答案：C. 诗

第 17 页　正确答案：B. 砚台一方

第 19 页　正确答案：C. 二十岁

第 21 页　正确答案：徐熙

第 23 页　正确答案：C. 晋国

第 25 页　正确答案：A. 白居易

第 27 页　正确答案：B. 介子推

第 29 页　正确答案：C. 李商隐

第 31 页　正确答案：A. 宋玉

第 33 页　正确答案：B. 李商隐

第 35 页　正确答案：C. 韦应物

第 37 页　正确答案：C. 秦岭以北平原地带

第 39 页　正确答案：C. 代指菜肴可口，梅是古代所必需的调味品

第 41 页　正确答案：A. 水的深度

仲夏篇

ZHONGXIAPIAN

夏日是热烈的。『水晶帘动微风起，满架蔷薇一院香』，这是夏日香气的热烈。『最爱垄头麦，迎风笑落红』，这是夏日生命的热烈。『风光不与四时同』，唯夏是盛景。

徐寅，也称徐夤，字昭梦，莆田人。唐末至五代间较著名的文学家。

初夏戏题

［唐］徐寅

长养薰风拂晓吹，渐开荷芰①落蔷薇。
青虫也学庄周梦，化作南园蛱蝶②飞。

解读赏析
JIEDU SHANGXI

“苔花如米小，也学牡丹开。”

诗题简单概括了这首诗。一个“戏”字也充分展现了这首诗的趣味。全诗简单轻快，颜色清丽，言语直白，朗朗上口，充满生活的小乐趣。

首联“长养薰风拂晓吹”，破晓时分，初夏已热，暖风轻吹，拂面而来，好不惬意。有动有静，有感觉也有触觉，读来十分舒爽。

颔联“渐开荷芰落蔷薇”，写的是荷花荠花蔷薇渐次开放，出落大方。美丽的花儿争相开放，颜色明媚清丽，搭配着时节，一切正好。

后面两句诗句“青虫也学庄周梦，化作南园蛱蝶飞”通俗易懂，讲的是小小青虫也有大大梦想，也想着化蝶高飞的一天。

这首诗有几个亮点，一是诗境纯粹干净，展现了一个物我合一的和谐境界。诗人写诗，却超脱于诗之外。二是诗意励志。虽然全诗写的都是不起眼的生活小景，却寄寓了诗人简单而透彻的生活寓意。青虫虽小，梦想美好。诗人借物喻人，鼓励人们要敢于追求梦想，颇为励志。三是描绘了一幅生活情趣的初夏风景图。没有大手笔，但有小确幸，读者读来感受真切，心情放松，耳目一新。

①芰（jì）：菱科植物，生水中，叶浮水面，夏日开花，白色，果实为菱角。
②蛱（jiá）蝶：中大型蝴蝶。

诗词AB面 SHICI AB MIAN

寿水家声大，书潭世泽长

徐寅学识渊博，为人正直。可惜生不逢时，在政治上并没有走很远，却在教育上对后世产生了深远的影响。他是诗人，亦是教育家。

徐寅系福建莆田人，告老还乡后回到故里莆田延寿村。徐寅是个爱书之人，也希望莆仙学子学而优则仕，所以他倾注所有积蓄在延寿桥头南侧建了一座藏书楼。书楼建成后，徐寅亲题“延寿万卷书楼”匾额。这座藏书楼，藏书万卷，供莆仙学子借阅，徐寅自己也在此讲学授书，传业解惑。渐渐地，周围的学子纷纷来此学习，这座藏书楼也成了书院的前身。到了宋代，莆仙各地兴办许多书院，供学子们学习，这不能不说有徐寅的一份功劳。

徐寅的家乡对这位文学家、教育家十分敬重，每逢过年便会在徐氏宗族张贴对联“寿水家声大，书潭世泽长”，以示纪念。

名人万花筒 MINGREN WANHUATONG

人生几何，不如痛快做自己

徐寅博学多才，尤擅作赋，是晚唐至五代期间比较著名的文学家。他的几篇辞赋颇有名气，据记载，徐寅早年所作的《人生几何赋》《斩蛇剑》《御沟水》等作品，不仅名动京师，更是远传渤海等国。渤海国即高丽国，那里的人喜欢徐寅的辞赋，将他的辞赋写在屏障上。

这样才华横溢的人，政治仕途却不太顺利。相关文献记载，徐寅屡举进士不第，至唐末方得以“榜上有名”。但这中间有一个有趣的插曲，也充分展现了徐寅不畏强权的人格。

梁开平元年，徐寅科举获榜首，成为福建历史上第二个状元。但，当时的梁太祖指出徐寅《人生几何赋》中“一皇五帝不死何归”句不妥，要求其改写。徐寅霸气回答：“臣宁无官，赋不可改。”梁太祖怒削其名籍。

这可是皇帝要求他改啊，他毫无惧色，坚持原作，即使是被削籍释官，也不为所动。这样的人，恐怕是前无古人、后无来者吧！回望漫长的历史，有多少进士，然而在繁华富贵面前，在权势面前，又有多少人能坚持做自己呢？用今天的话来说，徐寅，很刚，很酷！

知识小问答

典故“庄周梦蝶”出自？ （ ）

A.《庄子》 B.《老子》 C.《道德经》

陆游，字务观，号放翁，南宋文学家、史学家、爱国诗人。

立夏

［宋］陆游

赤帜插城扉，东君[①]整驾归。
泥新巢燕闹，花尽蜜蜂稀。
槐柳阴初密，帘栊[②]暑尚微。
日斜汤沐罢，熟练试单衣。

解读赏析
JIEDU SHANGXI

“清清夏日，悠悠我心。”

陆游诗作大多章法谨严，风格或是沉郁悲凉，或是雄俊豪放，此诗倒是小巧别具，清新自然，闲散自由，一改沉郁之本色。

陆游的这首诗便是很好地体现了夏诗的特点。一是色彩，鲜艳明动。“赤帜插城扉”中的赤帜是具有视觉冲击的“红”，红旗插遍城门，颜色艳丽清晰。“槐柳阴初密”是夏独有的郁郁葱葱，绿色清新醒目。二是温度，暑意袭来。“东君整驾归”是指夏日阳光蓄势待发。“帘栊暑尚微”是指暑气虽还未入室，但隔着窗帘也感受得到热气了。夏意已渐渐升起。三是活力，生动活泼。“泥新巢燕闹”是指新筑不久的燕巢叽叽喳喳，热闹非凡。虽然“花尽蜜蜂稀”，但是剩下的几只蜜蜂嗡嗡作响，似乎更有夏的味道了。

从色彩到温度再到动态，都在昭示着夏天的来临，而诗人呢，也做好了准备，晒完不那么毒辣的初夏日光浴后，换上期待已久的单衣，清爽出门去。

整首诗轻快纤动，不似春色敏感多愁，也不似秋景悲怆寂寥，是夏天独有的轻灵，也是陆游诗中的一抹亮色。

①东君：太阳神名。亦指太阳。
②帘栊：窗帘和栏槛。指从房屋外透进来的暑气。

诗词AB面
SHICI AB MIAN

太阳的多种别称

太阳，自古便是至高无上的存在，我国古代典籍中，太阳有许多别称。不同的季节、不同的时刻、不同的寓意，都有不同的叫法，单单是找得到记载的便有120余种称呼。

举例几种常见的称呼。

三足乌。《春秋元命苞》说："日中有三足乌。"人们常用三足乌来代指太阳。由此延伸的金乌、赤乌也是指代太阳。如"天地迢迢自长久，白兔赤乌相趋走""东乌西兔似车轮，劫火桑田不复论"等，而"乌"即乌鸦。所以又有人把太阳称作金鸦、赤鸦。

羲和。古代神话传说，太阳的御者是羲和。战国楚屈原《离骚》："令羲和弭节兮，望崦嵫而勿迫。"因此，羲和也成了太阳的别称。由此生发出了朱羲、羲轮等别称。

曦。曦是太阳光，曦轩、丹曦也是太阳的别称。

除此之外，还有许多别称，它们或取其形，或采其色，或用其典而成，数不胜数，如金虎、金轮、金钲、九阳、朱明、白日、圆光、仄日、斜照、幽阳等。本诗中所指的东君，亦是指太阳。

名人万花筒
MINGREN WANHUATONG

高产的四季诗人陆游

陆游是有名的高产诗人，他自己感慨，"脱巾莫叹发成丝，六十年间万首诗"，恐怕万首诗也是谦虚了，仅《剑南诗稿》即存诗达9300余首，除了乾隆以外，估计没有其他诗人能与之相比了。

陆游虽然高产量，但也高质量。他爱诗成癖，用诗来说话，生命不息，吟唱不止。他与自然为友，不论四季如何更迭，气候如何冷热不同，陆游常游不辍，可以称得上是"全年候"大诗人。其诗时节观念性强，季节特点鲜明，大部分诗都可以按时间季节编排。

春季诗诸如《早春池上作》《新晴》《春咏四首》《立春》等，诗词之间包含诗人的喜乐哀伤，抒情意味浓；夏季诗诸如《初夏十首》《初夏行平水道中》《剧暑》《梅雨初晴迓客东郊》《避暑松竹间》等，闲散中略带愁情；秋季诗诸如《秋兴》《秋光》《晨起》《秋词三首》《新凉》《秋晴》《秋声》等，常带悲秋之情；冬季诗如《弋阳道中遇大雪》《雪中忽起从戎之兴戏作四首》《雪》《屡雪二麦可望喜而作歌》《十二月二十九日夜半雨雪作披衣起听》等，以苦寒作乐，乐喜相织。

陆游随处皆可取材为诗，正如他自己所说的"诗材随处足，尽付苦吟中"。

知识小问答

"日斜汤沐罢"诗句中的"汤沐"是指？（ ）

A."烫"浴，像用火烧过一样　B.浸泡药汤　C.沐浴高骈（pián），字千里，先世为山东名门“渤海高氏”。晚唐诗人、名将。

山亭夏日

［唐］高骈

绿树阴浓①夏日长，楼台倒影入池塘。
水晶帘②动微风起，满架蔷薇③一院香。

解读赏析
JIEDU SHANGXI

“夏日香气。”

高骈虽为武将，诗文也是极好的，后世评价其诗文“雅有奇藻”，这首描写夏日风光的七言绝句，清新自然，恍若我们童年的夏日。

首句“绿树阴浓夏日长”，一个“浓”字把夏意描写得浓墨重彩，既有夏日绿荫之葱郁，又有灼灼夏日之感。“夏日长”是夏日午后那种被热浪拉长的时光，蝉鸣、树荫、烈日，时间好似被凝固住了一般，百般无赖，难以消磨。首句看似平淡，实则充满夏日趣味。

第二句“楼台倒影入池塘”，一个“入”字用得极好，画面清晰可见。我们仿佛可以看到，炎炎夏日，朗朗晴空，骄阳似火，碧绿的池塘里晃晃映入楼台倒影，因为夏日，所以天与水与倒影界限分明，清晰可见。所以紧接着第三句“水晶帘动微风起”，清晰的投影，一阵微风吹来，水光潋滟，碧波粼粼，浅浅晃动，像水晶帘子般耀眼。这里又隐藏着一个巧妙含蓄的手法。诗人是先说“帘动”才说“微风起”，即诗人是先看到池水碧波晃动才感觉到微风拂过，与我们日常的触感相反。却符合夏日微风的特点，夏风难以察觉，故而是我们眼睛先发现了风，有一种触觉的错位，别出心裁。

最后一局“满架蔷薇一院香”则是“色香味俱全”，使全诗洋溢着特有的夏日香气，又与上句的“微风”“阴浓”相呼应。

全诗轻巧地写出了夏之浓郁，夏之馥郁，夏之悠闲慵懒，颇为可爱。

①浓：指树丛的阴影很深。②水晶帘：质地精细而色泽莹澈的帘。此处指水中倒影。
③蔷薇：花名。夏季开花，有红、白、黄等色，美艳而香。

诗词AB面 SHICI AB MIAN

一箭双雕的“落雕侍御”高骈

高骈曾也是战功赫赫的晚唐名将，其年少时还是个侍御史，一日在军中，高骈闻听空中雕鸣声声，抬头一看，只见两只大雕展翼并飞，扑翅掠过，高骈突然来了劲头，说了声：“我后大富贵，当贯之”！（我今生能取大富贵，就让我一箭贯此双雕！）随即挽弓搭箭，箭如流星，直指长空，一箭发之，双雕应声而落，众人大惊，欢呼声响遏行云，人称“落雕侍御”。

价值黄金百斤的“买笑花”蔷薇

蔷薇蔓生，枝条纤长，花朵团簇，繁英缀满，雅俗共赏，自古便是花中公主，无数诗人争相赋诗。南朝梁柳恽的《咏蔷薇》“不摇香已乱，无风花自飞”形象地概括出了蔷薇的特点。关于蔷薇，还有一有趣的别称——买笑花。

汉武帝时，上林苑中栽培有蔷薇。根据《贾氏说林》记载：汉武帝与宠妃丽娟在园中赏花，正值蔷薇初放，艳色满园，斑斓绚丽，态若含笑。汉武帝叹曰：“此花绝胜佳人笑也。”丽娟戏问：“笑可买乎？”武帝说：“当然可以。”丽娟便取来黄金百斤，作为买笑钱，以尽武帝一日之欢，汉武帝龙颜大悦。“买笑花”从此便成了蔷薇的别称。

名人万花筒 MINGREN WANHUATONG

晚唐名将如何沦为众矢之的

自古“不问苍生问鬼神”的多为皇亲贵胄，诸如秦始皇，但历史上还有一个人信鬼神，痴迷长生不老，他虽不是皇亲贵胄，却也是一方诸侯——镇节度使高骈。身为武将，镇守一方，朝廷百姓原本指望其保家卫国，未承想他却只做着羽化成仙的大梦，信任奸佞，致使黄巢军顺利渡江、攻陷长安，最终自己也落个身败名裂的下场。

高骈字千里，本为贵族后代，家世显赫，南平郡王高崇文之孙，世袭皇宫侍卫，外号“落雕侍御”。曾平定安南、南诏，交战时南诏国王听说高骈挂帅，直接退兵，指天说：“高千里镇西川一日，南诏不复入侵。”可见高骈之才能，故当时朝廷命高骈征讨黄巢军。高骈也曾不负众望，多次重创起义军，黄巢起义军在未入关之前吃的最大的一次败仗便是拜高骈所赐。

然高骈移镇淮南，失去都统大印后便开始不思进取，装神弄鬼，任用术士，对军务不管不问。长安收复的三年间，高骈未出一兵一卒救援京师，令朝廷百姓心灰意懒，后被部将毕师铎所害，连同其子侄四十余人，“同坎（坑）瘗（埋）之”。

知识小问答

“天下之高出渤海”中的“高”是指？（ ）

A. 高度，指渤海的水平面　B. 姓氏，指渤海郡的高氏郡望文天祥，字宋瑞，道号浮休道人、文山。南宋末政治家、文学家，爱国诗人，民族英雄。

山中立夏用坐客韵

［宋］文天祥

归来泉石[①]国，日月共溪翁。
夏气重渊底，春光万象[②]中。
穷吟到云黑，淡饮胜裙红。
一阵弦声好，人间解愠[③]风。

解读赏析 JIEDU SHANGXI

“你曾是少年。”

此诗是文天祥较早期的作品，无家仇国恨，无悲慨怆痛，只有山水自然，夏日清新，是其作品中难得一见的亮丽之色。

首联写山水色、日月辉，大气自然，毫无造作之气。诗人于诗中，又超脱于诗之外。颔联写立夏之景，夏气似有非有，隐隐翻动，好像要从最深处翻涌而来一样，而此时春光正盛，万象生气磅礴，生命还在热烈绽放之中。此时的心情，正正好好，适合傻傻念着不知所云的诗词歌赋，独自“穷吟到云黑”，不知时间消逝；也适合小酌几杯，对酒当歌，放飞自我，脸色绯红，心情恰似美丽。若是能有几声弦动、一缕微风，那便是再好不过了，可以解去世间一切烦恼。

山光水色、日月同辉、春夏交接、万象俱新，全诗清新通透，明丽自在，虽有万色，却浓而不艳，反倒别有一番心境。我们可以清楚看出，此时文天祥的诗文在情感内容和言语形式方面还是有清丽脱俗、自信可爱的特质的，表现出积极乐观、丹心贯日的一面，与其后期饱经丧乱、沉郁悲凉的“老杜遗风”大有不同，读之不禁感慨万千。

①泉石：山水。②万象：指一切事物或景象。
③解愠：消除怨怒。

诗词AB面

SHICI AB MIAN

斗蛋是什么游戏

立夏是夏季的第一个节气。《月令七十二候集解》：“立夏，四月节。立字解见春。夏，假也。物至此时皆假大也。”立夏是晚春即逝，盛夏初始，至此气温开始显著提升，炎暑将至，雨水增多，农作物开始旺盛生长。

民间习俗认为，为了不使身体在炎夏中亏损消瘦，立夏应进补，所以有吃“立夏蛋”的风俗。因为蛋形如心，吃了蛋就能使心气精神不受亏损。南方地区还有斗蛋游戏，用丝网袋装一个水煮蛋挂于孩子胸前，蛋分两端，尖者为头，圆者为尾。斗蛋时蛋头斗蛋头，蛋尾击蛋尾。一个一个斗过去，破者为输。

以身许国，何谈家室

文天祥一身忠义，心系家国。虽他已抱定为国家、社稷而从死节，但对妻子儿女依旧有说不出的愧疚。

他在狱中曾收到女儿的来信，得知妻子和两个女儿都在宫中为奴，过着囚徒般的生活，难以为继。文天祥深知：只要投降，家人即可团聚，享受荣华富贵，但文天祥做不到。所以，他回复家书中写道：“收柳女信，痛割肠胃。人谁无妻儿骨肉之情？但今日事到这里，于义当死，乃是命也。奈何？奈何……”

不是文天祥冷血，而是既以身许国，又谈何骨肉血亲。

名人万花筒

MINGREN WANHUATONG

生而为人，无愧于心

文天祥入狱后，忽必烈念其忠义两全，曾五次劝降文天祥，皆以失败告终。其中，忽必烈曾派去已废的宋恭帝，文天祥一见9岁的恭帝，伏地痛哭，乞求圣驾南归重整河山。奈何，山河已去。最后一次劝降，是忽必烈亲自出马，这是两个人的第一次也是最后一次会面，但文天祥以外臣之礼长揖不跪，对元世祖以宰相之位相邀婉言以谢。最后，忽必烈问：“汝何愿?”文天祥对曰：“天祥受宋恩，为宰相，安事二姓？愿赐之一死足矣。”忽必烈明白，文天祥是“如虎兕在押，百计驯之，终不可得”。

文天祥知道自己死期已到，如释重负。他从容地写了两首绝命诗，又写了一篇《衣带赞》，藏于腰带间。第二天，文天祥被押往燕京城北的柴市处斩。临刑前，监斩官告诉文天祥此时反悔还可做高官，文天祥从容就义，遂被斩。数日后，文天祥的妻子欧阳氏前来收尸，在文天祥的衣带中发现了那篇《衣带赞》。其词曰：“孔曰成仁，孟曰取义，惟其义尽，所以仁至。读圣贤书，所学何事，而今而后，庶几无愧。”

就此，南宋真正亡了。

知识小问答

以下哪本诗集不是文天祥晚期狱中诗集？（ ）

A.《集杜诗》 B.《文山诗集》 C.《指南后录》

欧阳修，字永叔，号醉翁，晚号六一居士，北宋政治家、文学家，唐宋八大家之一。

五绝·小满

［宋］欧阳修

夜莺啼绿柳，皓月醒①长空。
最爱垄头麦②，迎风笑落红。

解读赏析 JIEDU SHANGXI

“风光不与四时同。”

欧阳修老练，简单四句，凝练了夏日田间盛景，令人陡生欢喜。

在他的笔下，夏日是绿肥红瘦的，“夜莺啼绿柳”，清清脆脆，色彩分明。夏日是凉爽的，幽深悄静的院子里，遍地清阴，流莺鸣啼的清韵不时传来，溶溶夜月的清辉下，深深吐一口气，便可唤醒整个宇宙。夏日是热闹的，田垄间，麦苗青葱喜人，热气腾腾，此时田间会有吆喝声、欢笑声、风声，也有麦苗接踵摩擦的沙沙声，诗人站在垄头，迎风独立，看着这可人之景，心中陡生欢喜，暗暗满足。即使是百花落地为泥，也颇感欣慰。

在这首绝句里，我们可以读到什么叫“静中情味”，夏日之景，即使是安静的，也带有生动的气息，欧阳修把这种生动的气息，融入其闲适悠远的逸趣之中，让人读来惬意舒爽，清韵悠悠。

夏日的诗，人情物态，风物景色，与春天大不相同。也正是这种说不出的趣味，让人爱得热烈直白。即使在厌倦的长夏里，只需一点微凉，便可扫空所有疲倦，心神俱清，无比痛快。

这就是夏天的要义吧！放肆而可爱，只让人想一头撞进这清冽的晚风中。

①醒：唤醒。
②垄头麦：田垄前面的麦子。

诗词AB面 SHICI AB MIAN

小满不满

小满是入夏的第二个节气。其意为夏时的熟作物的籽粒开始灌浆饱满，但还未完全成熟，只是初初小满。小满时节南方地区降水多，雨量大，故有谚语云“小满不满，干断田坎”“小满不满，芒种不管”。意思是小满时如果雨水不充足，田里蓄不满水，就可能造成田坎干裂。

小满时节，有祭蚕的风俗。相传小满为蚕神诞辰，中国古代是男耕女织的社会，养蚕不易，古代人把蚕视作“天物”，所以人们在四月放蚕时节举行祈蚕仪式，以祈求“天物”的宽恕和来年养蚕有个好的收成，因此江浙一带在小满期间有祈蚕节。

名人万花筒 MINGREN WANHUATONG

宋朝第一伯乐——欧阳修

欧阳修若生在现代，其个性签名应该是“请原谅我一生放荡不羁爱自由”，而其“头衔”恐怕是“宋朝著名星探”。

欧阳修是一代文豪，世人对其评价也颇有趣味，张芸叟云：“欧阳永叔如春服乍成，酾酒初熟，登山临水，竟日忘归。”曾慥云：“欧阳公一代儒宗，风流自命。”不管是竟日忘归还是风流自命，其实都体现了他的特点，在封建传统的重重压迫下挣扎着展现自我。对于欧阳修而言，人生若朝露，行乐需及时。尤其到了老年时，更是如此。

欧阳修对人生的态度豁达乐观，洒脱放诞，在文学上却是极认真也极有眼光。可以说，欧阳修是文学史上最早开创一代文风的文坛领袖，亲自领导了北宋诗文革新运动，对后世诗人及文学走向都影响巨大。他不遗余力地发掘文学新秀，真正称得上“宋朝第一伯乐”。欧阳修在担任主考官时，慧眼识英才，先后录取了苏轼、张载、曾巩、程颐、吕大钧、苏辙等388人。而“唐宋八大家”中，除了欧阳修自己，其他宋朝的五人（苏轼、苏洵、苏辙、曾巩、王安石）都是他的学生。

知识小问答

“千古文章四大家”分别是指欧阳修、柳宗元、苏轼和谁？（　）

A. 苏洵　B. 韩愈　C. 王安石

白居易，字乐天，号香山居士，与元稹并称“元白”，有《白氏长庆集》传世。

观刈[1]麦

［唐］白居易

田家少闲月，五月人倍忙。
夜来南风起，小麦覆陇黄[2]。
妇姑荷箪食，童稚携壶浆，
相随饷田去，丁壮在南冈。
足蒸暑土气，背灼炎天光，
力尽不知热，但惜夏日长。
复有贫妇人，抱子在其旁，
右手秉遗穗，左臂悬敝筐。
听其相顾言，闻者为悲伤。
家田输税[3]尽，拾此充饥肠。
今我何功德，曾不事农桑。
吏禄三百石，岁晏有余粮。
念此私自愧，尽日不能忘。

解读赏析
JIEDU SHANGXI

“感于哀乐，缘事而发。”

白居易的讽喻诗特点是浅直、通透、雅俗共赏，“老妪能解，胡儿能唱”。这首诗是白居易讽喻诗的代表，自然具备以上几个特点。

《观刈麦》这首诗可分为三个章节。第一个章节是农户抢收麦。前十句描绘了农忙时的忙与苦，男女老幼，不分昼夜，不惧酷暑，在田地里忙碌。

第二个章节是贫妇拾遗穗。前面是群像描写，这个章节是人像刻画。“右手秉遗穗，左臂悬敝筐”，将一个家田充税罄尽、无以为生，只能靠捡拾残留在田间的麦穗充饥的农妇的凄惨表现得淋漓尽致。

第三个章节是闻者为悲伤。白居易采用对比的形式将官吏与贫困百姓作对比，坦诚且犀利。他怀着悲悯的心情，扪心自问：“今我何功德？曾不事农桑。”

这首诗叙事生动，抒情情深肺腑，两者相融，展现了白居易讽喻诗的艺术表现力。

①刈（yì）：割。②覆陇黄：小麦黄熟时遮盖住了田埂。陇：同“垄”，这里泛指麦地。
③输税：缴纳租税。输，送达，引申为缴纳，献纳。

诗词AB面

SHICI AB MIAN

唐朝公务员工资知多少

白居易在此诗中感叹自己“吏禄三百石，岁晏有余粮”。那么，唐朝的官员薪俸情况究竟如何呢？据记载，唐朝的官员俸禄分为土地、实物和货币三种。

土地是指农田，包括永业田和职分田。永业田是可传承的家业，按爵、勋、品级授给，不收回，亲王10000亩，正一品6000亩，按等级依次递减。职分田是在职享受的待遇，官员在职期间可享受相关职分田的租金。也是按品级划拨。一品12顷（1200亩），二品10顷，三品9顷，四品7顷，五品6顷，六品4顷，七品3顷，京官正一品700石，从一品600石，正二品500石，从二品460石，正三品400石，从三品360石，正四品300石，从四品260石，正五品200石，从五品160石，正六品100石，从六品90石，等等。白居易当时是300石，恐怕任的就是正四品的官职。

开元年间，官员们的工资改为按月发放的货币，即我们今天所说的月薪。按品级1900～31000钱不等。

名人万花筒

MINGREN WANHUATONG

惟歌生民病，愿得天子知

诗歌是浪漫，亦是现实。单纯的浪漫是空洞的，只有扎根于现实，才会让诗歌有生生不息的强大力量。对于白居易而言，诗歌是感于事而生于情，他毕生都在关心社稷苍生，关心百姓黎民。他用自己的力量，呐喊出“惟歌生民病，愿得天子知”！并浩浩荡荡发起新乐府运动，让诗歌“为君、为臣、为民、为物、为事而作，不为文而作也”，对后世产生了深远的影响。

白居易认为“文章合为时而著，歌诗合为事而作”。他锐意进取，志在高远，又心系百姓。他曾在《策林》七十五篇中，对当时的社会政治、经济军事、天下民生等方面的问题，提出了爱民节用、纳谏采诗、轻役减税等一系列兴利除弊的施政主张。《观刈麦》一诗便可看出他“以心度心，以身观身，推其所为以及天下”。

也正因为白居易始终怀着“哀民生之多艰”的心从政，所以他为官三十年间，清贫自守，体察民情，无愧于心。他任杭州刺史期间，兴修水利，与杭州百姓共同筑就捍湖大堤，有效地蓄水泄洪，泽被后世。这个大堤也被称作“白公堤”。

公元845年，已经73岁的白居易主动捐资并提议民众共同治理被当时人们称之为“八节滩”的伊河险段，在他的努力推动下，终于使该工程完善竣工。

他的一生，身体力行着他的诺言：志在兼济，行在独善。

知识小问答

“力尽不知热，但惜夏日长”中的“惜”是指？（ ）

A. 珍惜　B. 盼望　C. 可惜

陆游，字务观，号放翁，南宋文学家、史学家、爱国诗人。

时雨

［宋］陆游

时雨①及芒种，四野皆插秧。
家家麦饭②美，处处菱歌长。
老我成惰农，永日付竹床。
衰发短不栉③，爱此一雨凉。
庭木集奇声，架藤发幽香。
莺衣湿不去，劝我持一觞。
即今幸无事，际海皆农桑；
野老固不穷，击壤歌虞唐④。

解读赏析 JIEDU SHANGXI

"大抵浮生若梦，不如将一生失意作诗而行。"

陆游一生的诗词创作大致可分为三个阶段：第一阶段是少年到中年时期，时间最长，可因陆游自认为"但欲工藻绘"的原因将大部分作品删除，这一时期也是留存作品最少的时期；第二阶段是中年时期，诗达2400多首，这一时期的诗词风格豪放壮阔，成熟而又丰富，是奠定陆游文坛地位的时期；第三阶段是蛰居家乡的时期，这一时期的诗词风格转为清旷淡远，宁静沧桑，常为人生之感慨，本篇《时雨》即是作于这一时期。

芒种节气，谪居卧病于乡下的陆游都看到了些什么呢？

在充满田间气息的夏天，家家开始为作物的播种与插秧而繁忙。麦饭香，菱歌长，田间的耕作繁忙，又井然有序，暧暧远人村与依依墟里烟似乎成了乡下标志性的景物，带着一种更为质朴的亲切与温暖。大概连陆游自己也不会想到，为了南宋奔波一生的自己，竟也会拥有凉荫树下斜倚竹床的惬意与安然。

年老体病，无法从事农桑，更无法再为国家尽忠效力，陆游内心自然抑郁忧虑，但面对芒种时节一片丰收的农忙景象，也终于有了"野老固不穷，击壤歌虞唐"的慰藉。

饱经忧患，年事已高，陆游将一生失意化为诗意，这正是一代诗魂最伟大的地方。

①时雨：应时的雨水。②麦饭：磨碎的麦煮成的饭。
③不栉：不束发。栉，古代男子束发用的梳篦。④虞唐：古人喻为太平盛世。

诗词AB面 SHICI AB MIAN

古代男子的“头”等大事

古代社会十分讲究所谓的礼仪与秩序，对于古人来说，衣冠不仅是日常所穿，更是区分身份地位尊卑的重要标志，而古代男子头上所戴的“头衣”便正是服饰的一种，若穿戴错误很有可能就是僭越、进犯。“头衣”主要有冠、冕、弁、帻四种，秦汉时流行冠，唐宋时流行头巾，明清时流行帽。“冠”是古代头上装饰的总称，它具有表示官职、身份与礼仪的作用，其所用范围上至贵族，下至布衣，均可佩戴。

唐虞之际，于斯为盛

唐虞，是唐尧与虞舜的并称，古人常用此喻为太平盛世。《史记 · 太史公自序》中曾有记载：“唐虞之际，绍重黎之后，使复典之，至于夏商，故重黎氏世序天地。”古代文献中所说的唐虞，正是尧舜禅让的唐虞时代，其出现在诗词作品中也常有赞誉盛世之太平的意味。先秦时期的《获麟歌》便有“唐虞世兮林凤游”；隋唐时期有柳宗元“俯默窥唐虞”以及杜甫“萧瑟唐虞远”等；到了宋朝，以“唐虞”入诗的作品多达上百首，而陆游有多达30余首诗词中均有“唐虞”出现。

名人万花筒 MINGREN WANHUATONG

这世间，唯爱国与吸猫不可辜负

《礼记 · 郊特牲》中曾记载：“迎猫，为其食田鼠也……迎而祭之也。”猫，在古人眼中更多是作为“猫神”而存在，每年的腊月，当朝天子都要举行“迎猫”的祭天仪式，这是一种自先秦就开始流传的古老习俗。

而古人开始将猫作为家猫来饲养，则要追溯到四千多年以前。隋唐时期，猫咪常常被饲养，用来抓捕家中老鼠。到了宋朝，猫逐渐成为一种宠物，养猫也变得更为普遍。据说秦桧的孙女崇国夫人在丢失了心爱的猫咪后大发雷霆，使得整个临安府的人都一起帮她找猫。

南宋时期还有一著名猫奴，此人便是陆游。不要被陆游诗词的雄壮浑厚与悲壮蒙蔽了双眼，吸起猫来的陆游完全是另一个人，就拿陆游给自家猫所起的名字来说，什么雪儿、粉笔、小於菟等，完全是妥妥的少女心。

“夜阑卧听风吹雨，铁马冰河入梦来”是一提到陆游大约都会想到的诗句，只是《十一月四日风雨大作 其一》的第二句，是“溪柴火软蛮毡暖，我与狸奴不出门”。狸奴其实就是猫，在唐朝时“狸奴”就已出现在文章与诗作中。

据统计，陆游笔下所作的“咏猫诗”大概有12首，例如“狸奴伴寂寥”“狸奴毡暖夜相亲”“夜长暖足有狸奴”等。

为自己的主子写诗作词，这大概是作为一个合格铲屎官的最高境界。

知识小问答

陆游的存世墨迹有？（ ）

A.《上阳台帖》 B.《苦寒帖》 C.《张好好诗》

窦常，字中行，与其兄弟牟、群、庠和巩并称“五窦”。

北固晚眺

［唐］窦常

水国①芒种后，梅天风雨凉。
露蚕开晚簇②，江燕绕危樯③。
山趾④北来固，潮头西去长。
年年此登眺，人事几销亡。

解读赏析 JIEDU SHANGXI

“年年岁岁景相似，岁岁年年人不同。”

北固即指北固山，位于广陵柳杨津，这里是窦常曾经寓居的地方。

窦常经常去北固山散步，一个芒种的傍晚，窦常又和往常一样来到这里。南方的芒种节气刚好处于梅雨季节，凉风习习，竟也将人吹出了一丝凉意。散步期间，诗人看到露天家养的桑蚕都簇拥在一起，江边的燕子也绕着高高的垝垣间忽高忽低地嬉戏、飞翔，一切都是那样祥和与安谧。

游至江边，青草如昔，山河如故，一切都只是旧时的模样。北固山还是那样巍峨雄伟，北固山脚下的江水还是向着一望无际的远方滚滚逝去。可这人世间哪有永恒不变的人与事物呢？人无法踏入同一条河流，因为无论是这条河还是这个人都已经不同。面对此情此景，窦常感受到的，是时光的稍纵即逝与无暇回首。

“寄蜉蝣于天地，渺沧海之一粟”的惆怅与伤感，“物是人非事事休”的愁绪与寂寞，皆黯然在北固山一个芒种的傍晚。

①水国：指河流、湖泊多的地区，这里指广陵柳杨津。②簇：簇拥在一起。
③危樯：高的桅杆。④山趾：山脚。

诗词AB面
SHICI AB MIAN

江边五月梅雨天

梅雨季节，是每年六七月份出现在江南地区的持续阴雨的天气现象，由于六七月份也正好是江南梅子成熟的季节，故称其为“梅雨”，这段时间也被称为梅雨季节。在我国南方流行着这样的谚语——“雨打黄梅头，四十五日无日头”，每到梅雨季节，江南的天空常常是连日阴沉，降水也是连绵不断，而高湿、高温也是梅雨季节的显著特点之一。梅雨开始的日子因海陆位置与维度高低而有所不同，在我国台湾地区常是农历五月中旬入梅，长江中下游地区常是农历五月上旬入梅，而浙江地区常是芒种后的第一个丙日入梅。

北固山前三面水

北固山位于江苏镇江，由于其远眺北固，横枕大江，石壁嵯峨，山势险固，因此得名北固山。关于北固山的历史故事有很多，相传三国时期“甘露寺刘备招亲”的故事就发生在北固山。而在北固山的溜马涧，则有孙强与刘备比赛赛马的故事。在北固山写下的诗词作品也是数不胜数，其中著名的有王湾的《次北固山下》，诗中的“潮平两岸阔，风正一帆悬”实乃千古绝句；还有辛弃疾的《登京口北固亭有怀》与《京口北固亭怀古》两首、李白的《永王东巡歌十一首》，等等。

名人万花筒
MINGREN WANHUATONG

窦氏五兄弟

中唐窦氏有常、牟、群、庠、巩五位兄弟，五人均才华过人，善于作诗，世称“五窦”。五窦在唐德宗与唐宪宗两代驰名当代，其诗歌创作对当时贞元年间与元和年间的诗坛整体风貌颇有影响。

五兄弟当中，窦常、窦牟以及窦巩皆登进士第，其中窦巩状貌魁伟，博览群书，无所不通，且性情宏放豪爽，好谈古今，当时有不少人常常前来拜访他。窦常曾为淮南节度使杜佑节度参谋，后历泉州府从事，由协律郎迁监察御史里行。到了后期，又入朝为侍御史、水部员外郎，随后出为朗州刺史，转夔、江、抚三州刺史，后出国子祭酒致仕。

至于窦群，他是五兄弟中唯一一个处士，隐居在毗邻，以高尚的节操闻名当世。根据记载，窦群的性格其实颇为狠戾，做事坚定果敢，甚至不顾生死，隐居前也曾想入官为国效力，可惜政见与他人不合，柳宗元、刘禹锡等王叔文之党也轻慢窦群，最后终不得用。

窦氏五兄弟有诗集《窦氏连珠集》，由宣宗大中间西江逸民褚藏官录五窦诗共100首辑成。《新唐书 · 窦群传》云：“兄常、牟，弟庠、巩皆为郎，工词章，为《联珠集》行于时，义取昆弟若五星然。”成语“五窦连珠”便是出于此，常指兄弟人人都善作文。

知识小问答

以下哪座山不属于“中国五岳”？（ ）

A. 衡山 B. 华山 C. 北固山

白居易，字乐天，号香山居士，与元稹并称“元白”，有《白氏长庆集》传世。

消暑

［唐］白居易

何以消烦暑，端居①一院中。
眼前无长物②，窗下有清风。
散热由心静，凉生为室空③。
此时身自保，难更与人同。

解读赏析

JIEDU SHANGXI

“心静，便是最好的消暑秘诀。”

时值酷暑，夏日炎炎，诗人坐在庭院中，看着暑气蒸腾，发出了“何以消烦暑”的感慨。古时科技不发达，没有空调、冰箱、风扇等消暑电器，诗人要消暑只能另想他法。

于是，诗人就将自己在这炎炎夏日的避暑经验分享给我们：庭院之中不要有太多的杂物，保持空旷，使空气流通。不要剧烈运动，如果需要休息，就躺在通风的窗边。而且，散热的关键在于要保持内心的平静，正所谓“心静自然凉”，一旦心平气和，便觉得室内空旷，清风徐来，此时便觉得身体舒畅，与其他心境烦躁之人不同。

诗人通过寥寥数语，为我们描绘了一幅夏日庭院纳凉图，但是享受过科技带来的便利的我们，有时候很难想象没有电的生活，尤其是古人经常穿着长袍长裤，有时还戴着帽子，酷热难耐，因此，扇子便是夏季最好的消暑工具了。

①端居：端坐。②长物：杂物。
③空：空旷。

诗词AB面
SHICI AB MIAN

白居易写诗晒工资

刚踏入仕途的时候，白居易担任校书郎职务，是个负责抄抄写写的政府机关“文秘”。他曾经几次写诗“晒工资”，最开始担任校书郎，他说“小才难大用，典校在秘书……俸钱万六千，月给亦有余，既无衣食牵，亦少人事拘”，后来，由于才能突出，晋升为左拾遗，官职上去了，工资待遇自然要跟上，这不，工资涨了一倍，于是他就写了一首诗：“月惭谏纸二千张，岁愧俸钱三十万。”那么，这工资水平到底怎么样呢？

根据当时的购买力折算，白居易时期的一文铜钱相当于现在的人民币五毛，那么他之前当校书郎的时候，一个月是一万六千文，折合人民币就是八千元，等当了左拾遗之后，工资涨到了年薪十五万，这个待遇在现在看来也是不低的。

那么，他为什么要在诗歌里“晒工资”呢？这是因为白居易是一个清正廉洁的好官，他在诗歌里公示了自己的家产，表明自己的立场，不给行贿的人机会，也不给自己留下受贿的空间。

名人万花筒
MINGREN WANHUATONG

白居易为什么能这么出名

白居易在如今之所以这么出名，除了写作水平高、数量多、寿命长等原因之外，跟他善于藏书有很大关系。白居易曾感慨“生前富贵应无分，死后文章合有名”，因此，他综合考虑，为了避免著作散佚，他将自己的著作仔细誊抄了五部，分别给家人和不同的寺院收藏。

就在白居易去世前一年，他在《白氏集后记》中说：“诗笔大小凡三千八百四十首。集有五本，一本在庐山东林寺藏经院，一本在苏州南禅寺经藏内，一本在东都胜善寺钵塔院律库楼，一本付侄龟郎，一本付外孙谈阁童，各藏于家，传于后。其日本、暹罗诸国及两京人家传写者，不在此记。”由此可见，白居易对于著作的保存可谓用心良苦。也正因为有他这样的用心，才让我们有机会拜读他更多的作品。《白氏文集》也成为唐代保存最完整的诗文集。

白居易不仅对于自己的作品用心收藏，他对于古书典籍的保护和整理也是做得十分到位。他曾经担任过官藏典籍和图书的秘书监，带领属下整理藏书，分门别类，并编撰了《事类集要》，后称《白氏六帖》，是人们援引典故的珍贵的宝库。

知识小问答

白居易写诗十分刻苦，被后人称为什么？（ ）

A. 诗豪　B. 诗魔　C. 诗杰

韦应物，唐代诗人，因出任过苏州刺史，世称“韦苏州”。诗风恬淡高远。

夏至避暑北池

［唐］韦应物

昼晷①已云极，宵漏②自此长。
未及施政教，所忧变炎凉。
公门日多暇，是月农稍忙。
高居念田里，苦热安可当。
亭午息群物，独游爱方塘。
门闭阴寂寂，城高树苍苍。
绿筠③尚含粉，圆荷始散芳。
于焉④洒烦抱，可以对华觞。

解读赏析
JIEDU SHANGXI

“夏至已至，万物皆息，惟吾逍遥。”

夏至这一天，是白昼最长、黑夜最短的一天。从这一天开始，晚间的更漏开始慢慢变长，词人在首句点明了这个特点，接着，词人感慨还没来得及实施自己的计划，内心却已经开始担心天气的冷暖更替。

在夏至之时，酷暑难耐，官府门前冷落，闲暇时日很多，但是老百姓依旧忙碌。词人住在家中，看着烈日当头，担心在这么炎热的时候，农民们是否可以抵挡住暑气。

在下阕中，词人叙述了自己在北池避暑的情景。正午时分，大地被烈日烘烤，动植物好像都被热得发不出一点声音，“群物”皆“息”，但是词人唯独喜欢在池边游赏。接着词人开始写游赏时的所见，他看到家家户户房门紧闭，仿佛害怕暑气侵入，周围冷清一片，寂静无声。远处的城墙边上，长着高大的树木，郁郁葱葱。接着，词人描绘了一幅色彩明丽、有声有色的夏至图，“绿筠”是指绿竹，新鲜的绿竹似乎还带着些许粉色，池塘里的荷叶中早已长出了清新靓丽的荷花，远远飘来一阵芳香，让人沉醉。在这样的美景之下，词人忘却了烦恼，忍不住想举杯豪饮，好不痛快。

①晷（guǐ）：观测日影以定时间的工具。这里指日影。②漏：即漏壶，古代一种计时的装置，简称漏。
③筠（yún）：竹子的青皮。这里指竹子。④于焉：在这里。

诗词AB面
SHICI AB MIAN

夏至三极

早在先秦时期，我国就已经有了四季之分，《尚书》和《春秋左传》里对于夏至也有记载。南朝梁刘昭注引《月令章句》说：“夏至之为极有三意焉：昼漏极长，去极极近，晷景极短。”意思是说，在夏至这一天有几个特点，太阳高度达到极致，阳光几乎是直射北回归线，北半球的白昼是最长的，夜晚最短。根据这个特点，夏至又被称为“日长至”。

夏至节俗

在古代，夏至跟冬至一样重要，在这一天，有很多的习俗。首先，皇帝在这一天会举行祭地仪式，祭祀地神和百物之神，求福去灾；其次，夏至会举行荐新祀祖仪式，夏至日是小麦大麦收割的时候，农民在丰收之余不忘感谢祖先的保佑，便举行祀祖仪式，这个习俗早在先秦时期就已经开始了。除此之外，在夏至的时候，人们还会吃粽子、烤鸭，尤其在唐代，更为盛行。

名人万花筒
MINGREN WANHUATONG

韦应物：一首诗感动江神

传说宋代有位叫王荣的老翁，有一天他要过一条江，但是江上大风肆虐，刮了七天七夜还没有停止。江边有人就说：“老人家，您的包裹中一定有好宝物，这条江的江神十分灵验，您要是把宝物献给江神，它保准让您过江。”

老翁想了一下，就把唯一值钱的东西，就是一条黄麈尾，拿出来献给了江神。可是，风还是没有停。接着，老翁又把一方端砚献给江神。江风反而刮得更厉害了。后来，老翁又把玄色虎帐献给江神，可是都不灵验。

等到晚上老翁躺在床上左思右想，思考过江的办法。他想着今天已经把所有值钱的东西都献给江神了，怎么还没有显灵，难道江神喜欢的不是这些东西？他正苦恼着，突然间想起来自己还有一把有黄庭坚草书的扇子，上面写着韦应物的诗《滁州西涧》。

想到这里，老翁赶紧从包袱里拿出这把扇子仔细端详，看着这龙飞凤舞的字，老翁也不知道江神喜不喜欢这把扇子，但是，还是可以试一下。于是，老翁便把写有韦应物诗句的这把扇子，拿到江边，献给了江神，就在这个时候，江风突然停止了。江面一片寂静，老翁大喜，便立即乘船过江。

知识小问答

韦应物成就最高的是五言诗，风格冲淡闲远，被誉为什么？（ ）

A. 五言长城 B. 五言巅峰 C. 五言之祖

权德舆，字载之，别称权文公。唐朝文学家、宰相，起居舍人权皋之子。

夏至日作

［唐］权德舆

璇枢①无停运，四序②相错行。
寄言赫曦景③，今日一阴生。

解读赏析
JIEDU SHANGXI

“斗转星移，四时更替，都是自然规律。”

诗人的夏至之作，没有简单地着眼于景物描写或者记叙时令习俗，而是以一种更为深层广阔的维度去写，思考天地自然的运转规律。首句的“璇枢”是指北斗星，北斗星没有停下运转的步伐，预示着时间的流逝不能被人为干扰。“四序”是指春夏秋冬四季，四季的相互交错，也是没有停息，世间万物有其诞生和发展的规律，无法更改。

第三句中的“曦景”是阳光的意思，这是说原本夏日的阳光太过猛烈，无处躲避，但是从今日夏至的这一天起，白天渐短，黑夜渐长，大地表面虽然还是热气腾腾，但是地心的阴气慢慢往上走，等到冬天到达地面，因此夏至又称“一阴生”。

在我国南方，农历五月开始梅雨天，老式的房子都潮湿发霉，甚至长出了蘑菇，这就是“夏至一阴生”的体现，热气在慢慢降下去，阴气在慢慢升起。二十四节气是我国传统文化宝贵的文化遗产，闪烁着智慧的光芒。

①璇枢：亦作“琁枢”，星名。北斗第一星为枢，第二星为璇。泛指北斗星。
②四序：指春夏秋冬四季。③曦景：阳光。

诗词AB面 SHICI AB MIAN

夏日数九

在民间，从夏至日开始，百姓有数九的习俗，就是说要数够九九八十一天，暑气就散尽。从宋代开始，各地就流传着反映本地暑凉变化的“九九歌”。最早的“九九歌”是宋代陆泳的《吴下田家志》：“夏至入头九，羽扇握在手；二九一十八，脱冠着罗纱；三九二十七，出门汗欲滴；四九三十六，卷席露天宿；五九四十五，炎秋似老虎；六九五十四，乘凉进庙祠；七九六十三，床头摸床单；八九七十二，子夜寻棉被；九九八十一，开柜拿棉衣。”

璇枢是什么

我们平时说的北斗与北极星不同，北斗又称“北斗七星”，是指在北方天空排列成斗形的七颗星。这七颗星的名称分别是天枢、天璇、天玑、天权、玉衡、开阳、摇光。根据北斗七星组成的斗形图可以找到北极星，又因而北斗又称“指极星”。璇枢指的是北斗七星中的天枢、天璇两颗星，即大熊座α星和大熊座β星，在文学作品中有时候代表的是时间的流转。

名人万花筒 MINGREN WANHUATONG

权德舆：文坛盟主，国之栋梁，君之股肱

权德舆自幼聪颖，史书上记载说他三四岁就能够识文写诗，15岁的时候就才名在外。后来受辟为官，在贞元、元和年间执掌文柄，名重一时。当时刘禹锡、柳宗元等都投文章到他的门下，请求他能够品评指点。随着他在文坛上名望越来越大，他也被誉为“文坛盟主”。

权德舆生活在唐代由鼎盛走向衰落的中期，不过一生仕途平坦，没有经历过重大的宦海沉浮和生活变故，官也从校书郎一直当到了宰相。他“为政以宽厚为本”，关心百姓疾苦，减轻百姓负担。在治理国家方面，主张德治和法治并用，对贪官污吏严惩不贷。

权德舆秉性耿直，为人宽和，风度甚佳，为时人所称道。不仅是国之栋梁，还是君主的肱股之臣，直言敢谏，办事磊落。有一次，运粮使董溪、于皋谟盗用军费，被发现后流放岭南。宪宗觉得刑罚太轻，派宦官将两人杀死于流放途中。权德舆知道后立即上奏疏说，这两人罪名之大，本当公开处死的，但既然已经宣判了流放，就应当遵照执行，如果出尔反尔，有损朝廷信誉，劝诫宪宗再也不能如此。

知识小问答

以下哪一个不是权德舆的别称？ （ ）

A. 权三兄 B. 权少监 C. 权忠公

元稹，字微之，别字威明，诗人、文学家，与白居易合称“元白”。

小暑六月节

［唐］元稹

倏忽温风至，因循小暑来。
竹喧先觉雨，山暗已闻雷。
户牖①深青霭②，阶庭长绿苔。
鹰鹯③新习学，蟋蟀莫相催。

解读赏析
JIEDU SHANGXI

“循四时之序，应六月之景。”

这是一首写于小暑时节之作，诗中描绘了六月小暑前后的时令特征。首联中，诗人感觉到温热的风突然之间吹到了脸上，原来这热风，是跟着小暑的节气而来。一下子就点明了夏日炎热的特点。

紧接着，颔联以声音入手，雨未到，风先到，竹林比诗人先感觉到雨的到来，因而喧哗不已；远处山色也暗了下来，阵阵惊雷滚滚而至，描绘出了风雨欲来的壮观场面。

颈联诗人从视觉上着笔，描写了窗户下深青色的雾霭，以及庭院台阶上的绿苔，整个深色系的色调与风雨欲来的感觉相协调，构成了一幅色调和谐的画面。尾联中，诗人将笔触从无生命的景物转到了很有灵气的动物鹰鹯和蟋蟀身上，由于地面炎热，猛禽鹰鹯在高处学习飞翔。夏至之后，阴气升起，鹰鹯开始大范围地学习生存技能，而低处的蟋蟀则纷纷远飞到田野之中，在肃杀之气到来之前，不断争斗，抢夺地盘。天地之间，万物遵循各自的规律，相辅相生。

①牖（yǒu）：古建筑中室与堂之间的窗子，后泛指窗。②青霭（ǎi）：指云气，因其色紫，故称青霭。
③鹯（zhān）：一种鹞类猛禽，亦称“晨风”。

诗词AB面
SHICI AB MIAN

三伏天是什么

伏天，也叫伏日，共有三伏，即初伏、中伏和末伏。从农历夏至后的第三庚日（即夏至后一个月左右）开始算起。每一伏十天左右，持续一个月左右。三伏天正好在小暑和处暑之间，是一年中最热的时候。南方地区多水汽，三伏天又潮湿又闷热，人们只能各显神通寻阴凉之地避暑。等到农历七月二十二日左右，末伏结束，才算是出伏。伏，有伏藏的意思，说明在三伏天的时候，应该减少外出，以避暑气，防止中暑。

小暑三候

我国古代将小暑分为三候："一候温风至；二候蟋蟀居宇；三候鹰始鸷（zhì）。"一候温风至，是说小暑之后，迎面吹来的风都是热的；二候蟋蟀居宇，是说小暑五日之后，由于天气闷热，蟋蟀都离开了田野，到庭院的墙角下避暑；接着三候鹰始鸷，是说再过五日之后，老鹰因地面气温太高而只在凉爽的高空中活动。

名人万花筒
MINGREN WANHUATONG

善于在官场上营钻的元稹

在唐代，中书舍人、知制诰和翰林学士，统称词臣，都是负责草拟皇帝诏令的官员。唐朝前期，知制诰和翰林学士不是常设的官职，他们的地位比较低，而中书舍人是最核心的掌诰官员，地位最高。

中书舍人是一个正规的职事官，唐初沿袭了魏晋南北朝时的旧制，设立了这个官职，属于正五品以上的官品。但是到了唐代末期，中书舍人的职权逐渐萎缩，后来被两种新的无官品的使职，即知制诰和翰林学士所取代，变成一种闲职。

而如果一个词臣想要接近皇权，获得政治上的实权，最好的方法就是进身学士院，成为翰林学士，比如我们熟悉的元稹，就是一个在官场上善于营钻的人。而与元稹是同年兼好友的白居易，则"略逊一筹"，只做到了舍人院的中书舍人，官职虽高，却无实权。

知制诰前期官品低于中书舍人，官员在知制诰上任职一段时间，有两种升迁途径，一种是升为舍人院中书舍人，如白居易；一种是召入学士院，成了翰林学士，成为学士院中书舍人，如元稹。刚开始这两种中书舍人地位相等，后来随着翰林学士地位的升迁，元稹的权力渐渐就大于白居易了。

知识小问答

在《旧唐书》的记载中，元稹和已在翰林院的李绅，以及哪位诗人俱以学识才艺闻名，时称"三俊"？（　）

A. 李德裕　B. 李商隐　C. 白居易

杨万里，字廷秀，号诚斋。南宋著名文学家、爱国诗人。

夏夜追凉①

［宋］杨万里

夜热依然午热同，
开门小立月明中。
竹深树密虫鸣处，
时有微凉不是风。

解读赏析

JIEDU SHANGXI

“孩提时代的无边夏夜。”

这首诗语言直白，浅显易懂，并无难解之处。虽是简单的七绝，但是读来轻松自然，让读者想起孩提时代农村的夏夜：皎洁的月光、郁郁葱葱的大树、草丛里的虫鸣，饭后，三五邻里聚于埕前摇扇闲聊，孩子自由嬉戏，漫漫长夜，全是惬意。

这首诗讲述了酷暑之时，热气难挡，即使是夜晚暑热也丝毫不减，诗人百无聊赖，难以专注，故开门乘凉。此时恰好月色正好。（诗人能“立月明中”，说明正是月圆之时。）诗人索性放下心中愁，只见眼前景，一边乘凉，一边赏月。既可得体肤之适，又可得精神之快。第三句是对环境的描写，“竹深树密”，见环境之清幽；“虫鸣”传来，见其静谧。静中生凉，诗人置身其中，凉意顿生，于是发出“时有微凉不是风”的感慨。这种感叹真实、细微而又亲切。寥寥数笔，诗人勾勒出了一幅简单的夏夜纳凉图。

这首诗除了意趣简单明了，诗题也巧妙，乘凉不说乘凉，说是“追凉”，一个“追”字，表现出了夏天的热和诗人对“凉”的渴望。这个“追”，充满画面感，带有浓厚的内心情绪，与孩童贪凉心态相似。

①追凉：乘凉、纳凉。

诗词AB面
SHICI AB MIAN

于古诗深处闻虫鸣

诗录万物，大如宇宙，微如蜉蝣。虫自然也在其中，古人诗中喜欢用虫来体现“声”与“动”，衬托意境。

蟋蟀是常见入诗的昆虫之一，由于其声音像又急又快的织机声，古人称其为“促织”。《诗经》中便有“季夏之月，蟋蟀居壁”“处暑蛩鸣”。蟋蟀声起，秋将至。诗人会提醒织者不要浪费时光赶紧准备寒衣，故有“促织鸣，懒妇惊”的说法。蟋蟀声短促而凄切，常闻于夜色，令人徒生悲悯。常引文人墨客之情愁，尤其是游子的思乡之情。如贾岛的“促织声尖尖似针，更深刺着旅人心”，白居易的“犹恐愁人暂得睡，声声移近卧床前”。

蝉亦是古诗中常见的昆虫。俗名知了，古称蜩，在夏天出现，鸣声粗犷响亮。寒蝉在深秋时节鸣叫，又称秋蝉。《诗经》中有“仲夏之月，小暑蝉始鸣”“五月鸣蜩”等诗句。

古人认为蝉栖息在高树上，餐风饮露，有“饱而不食者蝉也”的说法，所以古人常常用来形容高风亮节的品质。最著名的咏蝉诗是虞世南的《蝉》：“垂緌饮清露，流响出疏桐。居高声自远，非是借秋风。”

名人万花筒
MINGREN WANHUATONG

以杨万里命名的“诚斋体”

杨万里一生立命，为官从政，深受百姓喜爱，但政治家只是其生命的一个篇章，他一生中更为闪光的形象是文学家。杨万里号“诚斋”，宋光宗曾为其题字“诚斋”二字，故人称“诚斋先生”。“诚斋体”即杨万里自成一家的“诗体”。

杨万里早年深受“江西诗派”的影响，随后以王安石、陈师道为宗，后来还曾模仿过晚唐诗作，最后摆脱前人的束缚而独创“诚斋体”。杨万里一生写下20000多首诗作，留下了不少脍炙人口的诗篇。

“诚斋体”活泼自然，饶有谐趣，其特点可以凝练为一个“活”字。首先是意境“活”。细腻敏锐，富有情趣。杨万里能捕捉生活中细微的、瞬间的景物、心情、感受，诗篇犹如活泼生动的小品。如“小荷才露尖尖角，早有蜻蜓立上头”。其次是情感“活”。杨万里善于把自己的主观情感最大限度地投射在客观事物上，使物皆著我之色。再次是语言“活”，杨万里诗篇富有想象力，并且十分接地气，他总能用浅近明白的语言和流畅至极的章法，写出朗朗上口的诗篇。如“梅子留酸软齿牙，芭蕉分绿与窗纱”。

知识小问答

“南宋四大家”是指陆游、范大成、杨万里和?（ ）

A. 胡铨　B. 尤袤　C. 韦庄

王维，字摩诘，号摩诘居士，河东蒲州人。唐朝著名诗人、画家。

竹里馆①

［唐］王维

独坐幽篁②里，弹琴复长啸③。
深林人不知，明月来相照。

解读赏析
JIEDU SHANGXI

“我性空山。”

诗佛王维，五绝圣手，一生伤心事如许，唯有纵情山水，以诗画自娱，让充满痛苦的心灵得到短暂的释放。这首诗选于《辋川集》，诗意简单，山林幽居情趣，闲情偶寄，笔调自然平淡，寓意幽远通达，蕴含着一种特殊的美的艺术魅力，是难得的千古佳品。

这首诗用简单凝练的意象（幽篁、琴、深林、明月），营造了一个富有诗情画意的月夜幽林的氛围。诗人独坐幽篁中，以弹琴长啸，反衬月夜竹林的幽静，以明月的光影，反衬深林的昏暗，表面看来平平淡淡，似乎信手拈来，随意写去，实则独具匠心。

古人写琴声，往往悠扬，极少用“啸”这样充满力量和张力的词。王维用“长啸”，可见此时“独坐”的他内心情郁难舒，意志强烈。现实中，他总是小心地克制着、压抑着内心深处的痛苦，但此时，他正是要借琴声的长啸，让自己的生命意志可以暂时脱离现实，自由舒展。这与诗中描写的幽远的环境既反差又和谐，只有这样清幽月夜，诗人才能随心所欲，让自我性灵得到无限延展。此时，主体与客体完美融为一体。诗人也不过是这境中一景，而这景，也不过是诗人心中之情。

所以，在这首诗里，我们读到自然平淡的山水诗之外，更要读到诗人“难以察觉”的“寄托高远”。它是意境的美，更是自我性灵的美。

①竹里馆：辋川别墅胜景之一，房屋周围有竹林，故名“竹里馆”。②幽篁（huáng）：幽深的竹林。
③啸：嘬口发出长而清脆的声音，类似于打口哨。

诗词AB面
SHICI AB MIAN

美学典范——《辋川集》

王维是盛唐诗坛上山水田园诗的集大成者，而《辋川集》又是王维的山水诗的代表之作。《辋川集》一共有20首五绝诗，其中不乏千古传诵的名篇，如《鹿柴》《辛夷坞》《竹里馆》等。辋川庄是王维隐居终南山时，在蓝田辋川偶得的宋之问的别墅。王维在这里的生活十分闲适，“与道友裴迪，浮舟往来，弹琴赋诗”，“退朝之后，焚香独坐，以禅诵为事”。可以说，《辋川集》体现了王维后期山水田园诗歌创作的水平和取得的艺术成就，其所体现的空灵虚静、淡而有韵的美学风格也为后世所称道。

文人画鼻祖王维

王维不仅是“诗佛”，也是文人画的南山之宗，被钱锺书誉为“盛唐画坛第一把交椅”。

后世兴盛的文人画便是始于王维。

文人画有别于一般的绘画，不注重绘画的工整细致，而注重“妙趣”，追求“妙不可言”之境地。著名美术家陈衡格曾说过，“画中带有文学性质，含有文人趣味，不在画中考研艺术上之工夫，必须于画外看出许多文人之感想，此乃所谓文人画”。看来文人画讲究的就是一种文人的意趣，“羚羊挂角，无迹可寻”。这与王维空灵的诗作风格不谋而合。

名人万花筒
MINGREN WANHUATONG

人生若只如初见

有文学评论家称李白是天才，杜甫是地才，王维是人才，都是世间不可多得的人物。王维在生前及死后均享有盛名，唐代宗更是称其为“天下文宗”。王维虽以诗作闻名于世，大家却可能还不知道他的另一面——痴情专一。

据传，王维在居士山隐居时，一次偶然机会在药店偶遇一容貌清丽的少女，心生好感，便想试看她的才学。于是王维解释说自己忘了带药方，希望姑娘为其诊断。王维问道：“一买宴罢客何方?”姑娘略加思索，莞尔一笑答道：“酒毕宴罢客‘当归’。”王维接着又说：“二买黑夜不迷途。”姑娘对答道：“夜不迷途因‘熟地’。”接着，他俩又一问一答，药店姑娘用十种药名巧妙地回答了王维提出的十个问题。王维啧啧称奇，赞赏万分。两人也因此结亲，传为佳话。

令人遗憾的是，这位姑娘因病早逝。痴情人王维此后“丧妻不娶，孤居三十年”。（《新唐书》）

名扬天下的一代诗人王维，愿为发妻孤居三十年，这样的执着，这样的真情，莫说在古代，在如今也是令人动容的。

知识小问答

王维被称为?（ ）

A. 诗圣　B. 诗鬼　C. 诗佛

曾几，字吉甫，自号茶山居士。南宋诗人。

大暑

［宋］曾几

赤日几时过，清风无处寻。
经书聊枕籍①，瓜李漫浮沉。
兰若②静复静，茅茨③深又深。
炎蒸乃如许，那更惜分阴。

解读赏析
JIEDU SHANGXI

“盛夏光年。”

这是曾几的节气小诗，符合他的一贯风格，清雅平淡，轻快活泼。

首联“赤日几时过，清风无处寻”写的是天气，炎炎夏日，时间仿佛静止了一般，没有一丝凉风，诗人在暑气之下无处躲。颔联“经书聊枕籍，瓜李漫浮沉”是诗人的状态。炎炎夏日能做什么呢？看书取心静，翻阅经书典籍，但炙热的天气又让人有些许烦躁，心境像那浮沉的瓜李，上上下下。颔联写的是环境，像一幅夏日油画，画面被热浪镇得不可动弹，香草花木是静止的，茅屋竹帘是静止的，看似实物描写，实则是凸显“清风无处寻”。尾联“炎蒸乃如许，那更惜分阴”，点明主旨，暑热尚如此（可利用的时间不多了），要分外珍惜时间，不可浪费。

全诗通过天气、环境、诗人的状态等的描写烘托出了大暑之热。诗人采用动静对比的手法，用“瓜李浮沉”的动，和“兰若、茅茨”的静来衬托“无风之夏”，细节画面的描写细致入微，耐人寻味。

①枕籍：枕着经典，垫着史书。形容专心一意读书。②兰若：兰草与杜若。皆是香草。
③茅茨：亦作“茆茨”。茅草盖的屋顶。亦指茅屋。

诗词AB面 SHICI AB MIAN

刚正不阿的曾几

曾几学识渊博，曾历任提刑、秘书少监、礼部侍郎等官职。他是一个勤政爱民的好官员，在职期间，深受百姓爱戴。《宋史 · 曾几传》中曾讲到这样一个故事：秦桧死后，朝廷起用曾几作为浙西提点刑狱、台州知州。曾几秉公执法，廉政爱民，刚正不阿。当时黄岩县的县令因为接受贿赂被两名官吏发现要挟。这个黄岩县令便用镣铐拘禁两名官吏于狱中，并且使用了非人道的方式加以迫害，一夜之间两名官吏都死了。曾几知道后，迅速逮捕黄岩县令，严厉追问他的罪责。此时，有人提醒曾几说，这个县令是当朝丞相的门客。曾几闻讯非但没有从轻发落，反而加速审讯追究。

名人万花筒 MINGREN WANHUATONG

“茶几”——曾几与他的茶诗

宋朝是中国生活美学的典范，南宋时期，饮茶文化盛行，茶诗也空前繁荣，不少著名诗人都写过“咏茶诗”。曾几作为南宋初期诗坛的重要诗人，与茶文化也有着密切的关系。他喝茶、喜茶、爱茶，也写茶，写过不少与茶有关的诗作。他的号便是“茶山居士”，其主要诗集，也叫作《茶山集》。据记载，《全宋诗》收录曾几诗歌近600首，涉及的“茶”诗共有43首，数量颇多。

曾几诗《食酥二首》中“泛酒煎茶俱惬当，满前腊雪化春风”，体现的是其惬意闲适的生活乐趣。《煎茶》中“酌多风可御，薰歇雾犹横。饮罢妻季笑，枯肠百转鸣”，体现的是其困顿苦闷的情愁。《李相公晌建溪新茗奉寄》中“碾处曾看眉上白，分时为见眼中青”，写的则是制茶的工序。

可以说，曾几的茶诗有鲜明的个人特点：清淡活泼、自然平和、内容多样。这是他的个人品味与生活追求的外化，也是其内在人生价值的体现。可以说，茶是曾几人生情趣和生活追求的体现。

知识小问答

“江西诗派”之祖是指？（　）

A. 杜甫　B. 黄庭坚　C. 陈师道

苏轼，字子瞻，号东坡居士，眉州眉山人，北宋著名词人、书法家。

浣溪沙

［宋］苏轼

轻汗微微透碧纨[①]，明朝端午浴芳兰[②]。流香涨腻[③]满晴川。
彩线轻缠红玉臂，小符斜挂绿云鬟。佳人相见一千年。

解读赏析
JIEDU SHANGXI

“虔诚许愿，执手千年。”

这首《浣溪沙》是苏轼赠予侍妾朝云的一首“好词”，描写的是古代妇女过端午佳节的情景。

据记载，这首词写于端午前一天，农历五月，南方的天气已热。词中的“她”身穿薄纱却也微微出汗。明日端午节要用兰花香草沐浴，想必明日的江水会因为这些女子的“浴芳兰”而“流香涨腻”。（这里用夸张的手法，写出了女子之美丽动人，也写出了端午之热闹非凡。）沐浴过后，女子们须用彩线缠臂、符箓挂云鬓，以祈求祛病除灾。最后一句“佳人相见一千年”类似于节日祝福，也是直抒胸臆的点题。词人祝朝云健康长寿，也祝两人能天长地久、永偕情好，白头到老。

这首词有几个地方值得一读。一是端午节日民俗。词中细致描写了“浴芳兰、缠彩线、挂小符”等端午习俗，也是首“民俗诗”，为后世对端午节日民俗的考证提供了翔实的资料。二是整首词表现的是一种人们安居乐业的轻松、浪漫、美好的氛围。整首词虽然是围绕着女子来写，却写出了节日氛围的热烈，让人心生羡慕。三是苏轼和朝云两人情真意切的感情。前面写了朝云为节日做的种种准备，为的是最后的“佳人相见一千年”，是与爱人长相守的美好愿望。一语中的，画龙点睛。

①碧纨（wán）：绿色薄绸。②芳兰：芳香的兰花。端午节有浴兰汤的风俗。
③流香涨腻：指女子梳洗时，用剩下的香粉胭脂随水流入河中。

诗词AB面
SHICI AB MIAN

苏轼与《浣溪沙》

唐宋词坛词调众多，《浣溪沙》虽是一首小令歌曲，却稳居使用频率的榜首。据南京师范大学的《全唐宋金元词文库及赏析系统》检索统计，唐五代和两宋的《浣溪沙》词作总计为946首，堪称唐宋词调之冠。

《浣溪沙》是唐宋词调中的“第一调”，而苏轼是这“第一调”中的“第一人”。这么说是有原因的，一是唐五代和两宋时期，共有188位词人创作过《浣溪沙》，其中唐五代词人16位，宋代词人172位，而苏轼则以46首词作高居唐宋词人《浣溪沙》创作数量之榜首。二是苏轼今存词共363首，共有46首《浣溪沙》，可以说，《浣溪沙》词牌占苏轼所有词作的八分之一。

名人万花筒
MINGREN WANHUATONG

宋朝书法第一——苏轼

古往今来，最受文人推崇的理想典范，不是李白，也不是杜甫，而是苏轼。宠辱不惊，花开花落，他似乎活出了一种超然洒脱的宇宙高度。他的诗文是宋朝第一，他的书法也是宋朝第一。

宋代最著名的四大书法家，“苏黄米蔡”，首位就是苏东坡。苏轼的书法，后世评价甚高。黄庭坚在《山谷集》里说，“本朝善书者，自当推（苏）为第一”。

在书法艺术中，最为根本的基础是深厚的文化修养。宋代诸位书法家皆博学，书法是自然而然的修为，自然而然就有一种清新雅逸的气息。苏轼曾遍学晋、唐、五代的各位名家之长，再将王僧虔、徐浩、李邕、颜真卿、杨凝式等名家的创作风格融会贯通后自成一家。

苏轼自称“我书造意本无法，点画信手烦推求”“自出新意，不践古人”。这是苏轼书法超然的原因之一。此外，书法作品与书法家的学识、经历、个性等不无关系。苏轼丰富的生活阅历、深厚的学识修养、独到的思想见解以及强烈的艺术个性使得他的作品中流露出浓厚的意趣和韵味。

黄庭坚称苏轼：“早年用笔精到，不及老大渐近自然。”这说明苏轼一生屡经坎坷，致使他的书法风格跌宕。

苏轼存世作品有《赤壁赋》《黄州寒食诗》和《祭黄几道文》等帖，皆是精品。

知识小问答

书法“宋四家”是指苏轼、黄庭坚、米芾和？（ ）

A. 蔡襄　B. 欧阳修　C. 张孝祥

纳兰性德，叶赫那拉氏，字容若，号楞伽山人，满洲正黄旗人，清朝初年词人。

摸鱼儿·午日雨眺

［清］纳兰性德

涨痕添、半篙柔绿，蒲梢荇叶无数。台榭空蒙烟柳暗，白鸟衔鱼欲舞。红桥路，正一派、画船萧鼓中流住。呕哑柔橹①，又早拂新荷，沿堤忽转，冲破翠钱雨②。

蒹葭渚，不减潇湘深处。霏霏漠漠如雾，滴成一片鲛人泪，也似汨罗投赋。愁难谱，只彩线、香菰③脉脉成千古。伤心莫语，记那日旗亭，水嬉散尽，中酒阻风去。

解读赏析
JIEDU SHANGXI

"伤世感怀，凭眺生情。"

多愁善感如纳兰性德，一花即是一世界。此词系纳兰于端午雨中凭眺生情，感怀而作，写景入情，脉脉不得语。

上阕写景。"涨痕添"三句写雨后水涨留痕，水草丰盛，夏景渐生。苏轼曾云"野水参差落涨痕，疏林欹倒出霜根"。纳兰取其意境，别开生面。紧接着写亭台楼榭烟雨朦胧，白鹭捕鱼低飞舞动，如梦如幻。画桥外，路幽长。画船齐发，箫鼓阵阵，船橹摇曳，激起连连水声。转眼之间，已轻抚过嫩绿新荷，沿着河堤忽转。景色之美，景色之摇曳，景色之静好，令词人深陷其中。

下阕抒情。"蒹葭渚，不减潇湘深处"，美感不减，哀愁蔓延。霏霏烟雨，如梦如雾，恰似鲛人泪，也似那凭吊屈原而投赋的心。忧愁到底难平，默默地用彩线缠裹香菰悼念先人，伤心难言语。言至此，依旧是划不开的浓愁。虽然美景在前，多愁的纳兰性德却难消心中惆怅，隐约记得，那日的酒楼尽欢，水中嬉戏，我半酣似醉，乘风而去。

上阕写景清丽入画，下阕抒情细腻哀怨，前后对比明显，情感转折起伏，更能让读者体恤到词人心中之哀愁。

全词多处运用典故，融情于景，使得这美好的画面也有了一丝淡淡的哀伤。

①呕哑（ōu yā）柔橹（lǔ）：谓船行水面橹篙划水发出轻柔的水声。呕哑：象水声。
②翠钱雨：指新荷生出时所下的雨。翠钱：新荷之雅称。③菰（gū）：即茭白。

诗词AB面
SHICI AB MIAN

应共冤魂语，投诗赠汨罗

浪漫文学的鼻祖屈原，历来是文人凭吊的对象，不仅是因为其文学才能，更是因其高尚的人格。

屈原是楚国重臣，早年深受楚王信任，身兼大任。屈原向来主张与齐国联合，共同抗衡秦国。其刚正不阿的性格，受到了奸人的诽谤与排挤，渐渐地，楚怀王开始疏远屈原，并把他放逐。一心为国的屈原看着奸臣当道，国势渐衰，感到心中郁闷。

楚襄王即位后昏庸无道，听信令尹子兰的谗言，再次驱逐屈原。屈原流落在今湖南沅水湘水一带。后来秦国攻破楚国国都郢都，屈原在绝望和悲愤之下怀大石投汨罗江而死。

后人为了缅怀屈原，写诗作赋投入江中，以示凭吊。杜甫曾写过《天末怀李白》：“应共冤魂语，投诗赠汨罗。”用的便是这个典故。

名人万花筒
MINGREN WANHUATONG

皇亲国戚：叶赫那拉氏

叶赫那拉氏是满族的大姓，也是起源较早的姓氏之一，原系明末海西女真扈伦四部之一叶赫部的氏族。叶赫，满语为“河边的太阳”，其地理位置分布在吉林、辽宁等地，是满族的重要发祥地之一。十六世纪初，在部落酋长褚格的率领下南迁，来到叶赫岸边，以河为名称叶赫部，1619年初被清朝努尔哈赤所灭。

叶赫那拉氏历来与爱新觉罗是“欢喜冤家”，既是世仇，又是世代姻亲。清朝建立后，叶赫那拉氏因诞育了皇太极，成为清朝最为尊贵的开国皇后。叶赫那拉氏也位列王族，地位尊贵，历代皇族中也不乏叶赫那拉氏的皇后、妃嫔。因此，名门望族繁多。

关于叶赫那拉氏有很多传说，也出现很多名人。如，纳兰明珠、苏克萨哈、乾隆的舒妃，以及最赫赫有名的慈禧太后。

纳兰性德也是叶赫家族中的名人。“纳兰”便是“那拉”。纳兰性德自幼聪颖过人，文武全才，与朱彝尊、陈维崧并称“清词三大家”。纳兰性德的父亲纳兰明珠是当朝宰相，其母亲是多尔衮哥哥英亲王阿济格的女儿。

叶赫那拉氏后代多冠汉字姓那、叶。今日，依旧有许多叶赫那拉氏的后人，例如叶嘉莹、那英等。

知识小问答

“伤心莫语，记那日旗亭”中的“旗亭”是指？（ ）

A. 展旗　B. 酒楼　C. 凉亭

欧阳修，字永叔，号醉翁，晚号六一居士，北宋政治家、文学家，唐宋八大家之一。

渔家傲

［宋］欧阳修

五月榴花妖艳烘，绿杨带雨垂垂重。五色新丝缠角粽。金盘送，生绡①画扇盘双凤。

正是浴兰时节动，菖蒲酒美清尊共。叶里黄鹂时一弄。犹瞢忪，等闲惊破②纱窗梦。

解读赏析

JIEDU SHANGXI

“我给你，早在你出生前多年的一个如画般的端午记忆。”

农历五月，百花争艳，夏意正浓，连空气中也涌动着倦懒的气息。

庭院中的石榴花开了，开得恣意盎然，红艳似火，一簇簇地在枝头间跳动。嫩绿的杨柳被细雨打湿，低低地垂着，少了一分随风飘扬的轻盈灵动。

在榴花更深处，端午节到了。

“五色”一句转入描写农历五月端午的节日气氛，以“角粽”这一端午节标志性景象开场，家家户户忙着制作与相送粽子，粽子要用五色线缠扎，再用精致的金盘盛着端上桌来。农历五月已是夏季，端午时节天气渐热，绣着双凤的丝扇又成了人们手上离不开的物品，一下下，扑打着有些闷热的空气。

下阕写端午活动，人们沐浴更衣，除去一身污垢与秽气，再饮下雄黄酒驱邪避害。酒后小憩，怎料鹂声新透绿窗纱，啼时惊扰妾梦，闺中女子在睡眼蒙眬中醒来，一片悠闲自适之情。

本词通过描写端午景色、端午习俗、端午活动等描绘了一位闺中女子的生活，语言清新明丽，俊爽冲淡，营造了端午时节恬静、淡雅、清丽的氛围，令人心驰神往。

①生绡：未漂煮过的丝织品，古时多用以作画，因亦以指画卷。
②惊破：打破。

诗词AB面
SHICI AB MIAN

因黄鹂而哀怨的古诗词

黄鹂是古诗词中常见的一个意象，往往象征美好事物，其具体含义有对春的赞美，对生机的赞美。但在闺怨诗中，黄鹂常常会扮演惊扰了女子美梦的恼人角色。例如益嘉运的《伊州歌》：“打起黄莺儿，莫教枝上啼。啼时惊妾梦，不得到辽西。”再如张元干的“黄莺啼破纱窗晓”，以及宋代张耒《书事寄晁应之》中的“惜芳幽鶗鴂，催梦怨黄鹂”。即使并没有惊人美梦，也有“无赖是黄鹂，唤起空愁绝”这样颇有些蛮不讲理的对于黄鹂的责备与嗔怪。

“浴兰时节”是什么样子

汉代《大戴礼》云：“午日以兰汤沐浴。”在古代，古人常以兰草汤沐浴去污为俗。在屈原的《楚辞》中更有“浴兰怕兮沐芳华”一句，故端午又称“浴兰节”。兰，指香料、熏香；汤，指热水、温泉。兰汤，即泛指洗澡沐浴的热水。

苏轼言：“平时十月幸兰汤，玉甃琼梁。”端午洗浴的兰汤是菊科的佩兰，可煎水沐浴；而到了明朝，因为“兰汤不可得，则以午时取五色草拂而浴之”。后来一般是煎蒲、艾等香草洗澡。直到现在，兰汤沐浴的习俗依旧尚存，据说可治疗皮肤疾病，亦可驱邪气。

名人万花筒
MINGREN WANHUATONG

年轻气盛，却坏在了一件状元袍上

欧阳修自小聪慧，年幼时便才华过人，年仅10岁已是随州家喻户晓的小才子，逐渐响亮的诗名更是引起了朝中要臣胥偃的注意，将其纳入门下。

1029年春，由胥偃保举，欧阳修顺利就试于开封最高学府——国子监。随后，欧阳修又在解试中多次获得第一名，更是在礼部省试中成为省元，通往仕途的道路可谓顺风顺水，一片光明。

可能是成功来得实在太过轻松，年轻的欧阳修逐渐有些自满而飘飘然了。对于不久的殿试中，再拿个第一成为状元也势在必行。

出于这份骄傲与自信，试还没考，欧阳修的状元袍已经提前做好了。欧阳修甚至在广文馆里放言：状元，舍他其谁！

只是谁料，欧阳修的状元袍竟被一个叫王拱辰的同学提前试穿了一下。其实此事不过是同学间的玩闹，王拱辰也只是抱着玩闹的心态穿来玩玩，但没想到，殿试成绩下来，王拱辰竟真的夺得了状元之名。当时的欧阳修，怕是肠子都要悔青了。

但根据当时情况分析，欧阳修未能夺魁的原因应是与他同乡的主考官晏殊为了避嫌，故意没有给欧阳修状元。这种事情并不能怪晏殊，毕竟多年之后，欧阳修成了主考官，因为避嫌而未能夺魁的却成了苏轼。

知识小问答

欧阳修曾在收到友人礼物后用诗句“鹅毛赠千里，所重以其人”来比喻“礼轻情意重”，请问友人送的是什么礼物？（ ）

A. 银杏　B. 大枣　C. 莲子

唐玄宗李隆基，唐高宗与武则天之孙，是唐朝极盛时期的皇帝。

端午

［唐］李隆基

端午临中夏，时清日复长。
盐梅[①]已佐鼎，曲蘖[②]且传觞。
事古人留迹，年深缕积长。
当轩知槿茂，向水觉芦香。
亿兆同归寿，群公共保昌。
忠贞如不替，贻厥[③]后昆芳[④]。

解读赏析
JIEDU SHANGXI

“年年端午又今朝。”

端午节为农历五月初五，已经接近仲夏之时。大约从此时节，白昼开始越来越长，而夜晚则越来越短，故言“端午临中夏，时清日复长”。时当端午，宫廷中用盐佐食梅子，饮酒作乐，盐和梅子为鼎中之酒增添了一丝清凉与甘甜的味道，美酒一杯声一曲，声声惹醉，杯杯倾倒。这样饮酒是故人流传下的习俗，至今已有多年的时光了。

于是饮酒乐甚，斜倚栏杆，猛然发觉原不起眼的木槿长得竟如此茂盛且生机勃勃。傍水而行，莫名的清香在鼻翼间萦绕，这才发觉芦苇之清香是何等醉人。端午佳节，大唐盛况，面对此情此景，唐明皇自然是心情大好，怡然自得。诗的末尾愿天下百姓生活得幸福长久，朝中大臣共保大唐国力昌盛。如若大家对于国家的忠贞能够始终如一，这样的美德也一定会在世世代代的子孙中流传。

李隆基在位期间开创了唐朝的极盛之世——开元盛世，大唐国力强盛，百姓生活安定富足。在这样的时间与环境下，端午的欢乐氛围无疑深深感染了李隆基，于是写下此篇，祝愿天下安康长寿，以示皇恩浩荡。

①盐梅：盐和梅子，比喻国家需要的贤能之才。②曲蘖（qū niè）：指酒曲。
③贻厥：赠给，遗留。④昆芳：后代有美好的名声。

诗词AB面
SHICI AB MIAN

“盐梅”意象

盐味咸，梅味酸，均为调味所需。盐和梅子，常在诗词、文章中比喻国家所需的贤才，调和的味道也象征着一种和谐与融合。宋代诗人李龙高与方蒙仲都曾写过《盐梅》，通过对盐梅的描写表达对贤臣的期许。“盐梅”意象早在魏晋南北朝时期就有运用，例如南北朝时期庾信的“有寄于盐梅，君臣一体”；到了唐宋，“盐梅”意象的运用更加频繁，例如李隆基还在其《饯王晙巡边》中写过“舟楫功须著，盐梅望匪疏”；元朝时，王冕曾作《题墨梅送宋太守之山东运使》，其中便有“天子又唤调盐梅”。据说盐花梅浆亦可用来擦洗银器，令银器光洁。

名人万花筒
MINGREN
WANHUATONG

放假狂魔李隆基

在古代，节假日的制定往往十分随意，没有什么固定的章程或规定。而在唐朝，节假日放假可以说是数不胜数，毫不吝啬。

最基本的节假日是一些传统节日，例如春节放七天，清明节放四天，中秋、腊八、端午之类的小节各放三天；其他的小节日各放一天。不仅是传统节日，中国传统的二十四节气也同样会放假。冬至日在唐代是个非常重要的日子，因此冬至节气会放七天假，夏至虽比不上冬至，但也会放三天假，至于立春、立夏、立秋、立冬之类的其他节气则各放一天。

除却这些虽繁多但好歹说得过去的假期，唐朝剩下的假期可以说随心所欲，毫不走心。在一些名字顺口的日子，例如正月七，二月八、三月三、四月八、五月五、三伏日、七月七、九月九、十月一等，都会放假一天。隋唐时期儒释道三教并行，因此到了释迦牟尼、老子等人的生日，唐朝也会放假一天。

至于李隆基，有一次正值其庆祝生宴，一位宰相上奏认为应将李隆基的生日定为“千秋节”，在这一天要举国欢庆。美滋滋的李隆基越想越觉得完全可行，在第二年便增设了“千秋节”，全国放假三天。从此，唐朝皇帝生日都要放假三天。

总之，在唐朝，光是法定节假日就有五十多个，还不算上所谓的“周末”。大概就是放假一星期，上班上学两三天吧。

知识小问答　世界上第一部关于农业和手工业生产的综合性著作《天工开物》的作者以及朝代是?　（　）

李清照，号易安居士，宋代杰出女词人，提出词“别是一家”的理论。

行香子

［宋］李清照

草际鸣蛩[①]，惊落梧桐。正人间天上愁浓。云阶月地，关锁千重。纵浮槎[②]来，浮槎去，不相逢。
星桥鹊驾，经年才见，想离情别恨难穷。牵牛织女，莫是离中。甚霎儿[③]晴，霎儿雨，霎儿风。

解读赏析
JIEDU SHANGXI

“飞星传恨。”

在朝夕相守的人眼里，七夕充满相聚的喜悦；在身处异地的人心中，七夕饱含离别的苦楚。李清照恰是后者，此时的她，丈夫不在身边，那些无人能解的思念与担忧，都化为词句，成就了这首《行香子》。

上阕写景，描绘了人间天上的七夕时节。天上人间，秋意浓，愁亦浓：人间草木，显现出凋敝的迹象，蟋蟀伏在草间，忽而一声高鸣之后，一片梧桐叶便随风飘落；天上宫阙，重门紧锁，穿梭往来在银河中的木筏一片又一片，但银河两畔的牛郎和织女却不能凭此相见，着实可悲可叹！

下阕抒情，道尽了两地分隔的离愁别苦。“想离情别恨难穷”，词人由己推人，感慨牛郎织女虽有鹊桥相助，但一年一次的片刻相守，怎能抚慰长年朝思暮想的分离之苦？且今日的天气一会儿晴，一会儿雨，一会儿风，会不会影响牛郎织女的相会？

“霎儿”二字几近口语，三个“霎儿”相连，使词句富有节奏美和感染力。“霎儿晴，霎儿雨，霎儿风”的天气状况，暗指当时由和平转向战乱的年代，被外物所阻的牛郎织女，正如难以团聚的丈夫和自己，而对牛郎织女能否顺利相见的担心，也正是对丈夫和自己在动荡时局中前路未卜的忧虑。

整首词由人间及天上，由外物观自我，既有天马行空的想象，又有真切可感的情思，含蓄委婉中道尽人意。

①蛩（qióng）：蟋蟀。②浮槎（chá）：指往来于海上和天河之间的木筏。
③霎（shà）儿：一会儿。

诗词AB面
SHICI AB MIAN

梧桐在古代很受欢迎

谈及梧桐在古代受欢迎的原因，首先要说一下梧桐身上的神话色彩。《诗经 · 大雅 · 卷阿》中说："凤凰鸣矣，于彼高岗。梧桐生矣，于彼朝阳。"可见，古人认为，栽种梧桐是能引来神鸟凤凰的，前秦王苻坚就是因为这个原因在阿房宫大肆种植梧桐，以此等待凤凰的降临，而后历朝历代都有普遍种植梧桐的记载。除去神话色彩，梧桐还因其自身散发出的忧郁气息受到文人的青睐，成为诗词中忧愁寂寞的代言，如李煜《相见欢》中的"寂寞梧桐深院锁清秋"，白居易《长恨歌》中的"秋雨梧桐叶落时"，还有本诗中的"草际鸣蛩，惊落梧桐"。

名人万花筒
MINGREN WANHUATONG

有其父母必有其女

李清照被称为"千古第一才女"，她确立了词体独立的文学地位，可以说是中国文学史上艺术成就最高的女作家。李清照这些成就的取得，除了她自身极高的文学天赋外，离不开家庭环境的熏陶，尤其是父母的言传身教。

她的父亲李格非是当朝的进士，也是苏轼的学生，"苏门后四学士"之一。平时喜欢收藏典籍，精通词章，爱写文章，无论境遇多艰难都不会懈怠。他说："文不可以苟作，诚不著焉，则不能工。"细品李清照的词作，就会发现，她在词作中对用字的精打细磨和流露出的真情实感，与其父所说的一丝不苟、以心相付的精神一脉相承。

关于李清照的母亲，史书上没有更多的记载，但可以在其父李格非的传记中窥见只言片语，即李清照的母亲是王拱辰的孙女，工于文章。王拱辰是谁？他是与欧阳修同年参加科举考试的人，欧阳修进士及第，而王拱辰是状元及第。身为王拱辰的孙女，李清照的母亲自然也不会太差。

本就出生在书香门第，再加上父母悉心教导，为李清照日后能在文学史上散发光辉奠定了坚实的基础。人们常说，父母是孩子的第一任老师，不管身处什么背景，为人父母，都是一场德育的修行。

知识小问答

"句读不葺之诗"是李清照对以下哪位名人词作的评价？（　）

A. 欧阳修　B. 秦观　C. 苏轼

本章知识小问答答案

第 45 页　正确答案：A.《庄子》

第 47 页　正确答案：C. 沐浴

第 49 页　正确答案：B. 姓氏，指渤海郡的高氏郡望

第 51 页　正确答案：B.《文山诗集》

第 53 页　正确答案：B. 韩愈

第 55 页　正确答案：B. 盼望

第 57 页　正确答案：B.《苦寒帖》

第 59 页　正确答案：C. 北固山

第 61 页　正确答案：B. 诗魔

第 63 页　正确答案：A. 五言长城

第 65 页　正确答案：C. 权忠公

第 67 页　正确答案：A. 李德裕

第 69 页　正确答案：B. 尤袤

第 71 页　正确答案：C. 诗佛

第 73 页　正确答案：A. 杜甫

第 75 页　正确答案：A. 蔡襄

第 77 页　正确答案：B. 酒楼

第 79 页　正确答案：A. 银杏

第 81 页　正确答案：明朝宋应星

第 83 页　正确答案：C. 苏轼

凉秋篇

LIANGQIUPIAN

『自古逢秋悲寂寥』。提起秋，诗人们总是会生出些伤感。『世事一场大梦，人生几度秋凉？』这是历经沧桑之后的凉秋。可秋天也不乏『冲天香阵透长安，满城尽带黄金甲』的澎湃和美好。

刘翰，字武子，南宋诗人，今存《小山集》一卷。

立秋

［宋］刘翰

乳鸦①啼散玉屏②空，一枕新凉一扇风。
睡起秋声无觅处，满阶梧桐月明中。

解读赏析
JIEDU SHANGXI

“飞入寻常百姓家的屏风”

屏风是我国传统家具装饰用品，充满古典优雅气息的屏风可为室内增添无尽的美感。为何说它是飞入寻常百姓家呢？因为在最开始的时候，也就是西周时期，屏风是天子专用的，天子外的其他人不能擅自使用。周天子在祭祀时，旁边须置有屏风，正如《史记》中所说的“天子当屏而立”。屏风和皇权之间由此便产生了无形的联系。

到了汉唐时期，富贵大家普遍拥有屏风，屏风不再是皇室的专属品。再后来，普通人家纷纷置办屏风，屏风的功能也由注重挡风等实际作用向装饰美化房间倾斜。昔日只供天子使用的屏风，如今已是飞入寻常百姓家。本诗中提到的“玉屏”，即指诗人屋内制作精良的屏风。

①乳鸦：幼小的乌鸦。
②玉屏：精致的屏风。

诗词AB面
SHICI AB MIAN

阳关和阳关道

阳关是古时中国陆路对外交通的咽喉之地，处在河西走廊的西头。西汉时期设置了这个关口，与玉门关一样，一直以来都是去往西域的重要通道。因为这个关口处在玉门关的南面，根据中国的地理位置，以山南水北为阳，所以被称为阳关。我们现在所说的“阳关道”原是指经过阳关通往西域的大道，后来泛指通行便利的大道，以及人生道路、生活方向等。

山川草木皆灵气

说到王维，不得不提一下山水诗。山水诗最开始是在南北朝时期由谢灵运开创的，在此之前，山水只是作为诗歌背景出现，以“意象”的形式，起着烘托主人公心境的作用。谢灵运首先将自然山水景物作为主体进行描绘，但是谢灵运对于山水的描绘只停留在表层，还没有将思想与山水的灵气结合，山水诗还没有达到应有的高度。后来居上的王维，将音乐的韵律、绘画的美感和诗歌的诗意融为一体，把山水诗发展到了顶峰。

诗词小真相
SHICI XIAOZHENXIANG

跌落神坛的乌鸦

为什么说是跌落神坛的乌鸦呢？这就要追溯到远古时期，先民们把乌鸦当作神鸟崇拜，那时，乌鸦也被称为“太阳鸟”，如《山海经 · 大荒东经》上记载道：“汤谷上有扶木，一日方至，一日方出，皆载于乌。”

后来，人们发现乌鸦具有反哺的特征，《说文解字》中对乌鸦的评价是：“乌，孝鸟也。”幼乌长大喂食母乌的现象作为德育教材而广为传颂，古代儿童启蒙书目《增广贤文》中便有云：“羊有跪乳之恩，鸦有反哺之义。”白居易的诗歌《慈乌夜啼》也赞美了乌鸦反哺之情。

但是，到了宋朝，乌鸦的受欢迎指数迅猛直降。反哺人们不常见，常见的是它们闻着腐肉气息纷纷而至的身影，爱吃腐肉的习性使人们对它产生厌恶之情，民间甚至有“乌鸦叫，死神到”的俗语。

乌鸦还经常作为消极的情感意象出现在诗人的诗作中，如著名的《天净沙 · 秋思》里“枯藤老树昏鸦”的残败之景，《枫桥夜泊》中“月落乌啼霜满天”的悲寒之境，本诗《立秋》中“乳鸦啼散玉屏空”的寂寥之意。

从神鸟、孝鸟到寓意衰败的不祥之鸟，乌鸦的形象可谓跌落神坛。其实，乌鸦本身始终未曾改变过，只是因为人们看待乌鸦的视角转换了而导致乌鸦象征意义的流变。

知识小问答

成语“一叶知秋”出自以下哪部著作？（　）

A.《山海经》　B.《淮南子》　C.《左传》

白居易，字乐天，号香山居士，与元稹并称“元白”，有《白氏长庆集》传世。

立秋夕有怀梦得

［唐］白居易

露簟[1]荻[2]竹清，风扇蒲葵[3]轻。
一与故人别，再见新蝉鸣。
是夕凉飚[4]起，闲境入幽情。
回灯见栖鹤，隔竹闻吹笙。
夜茶一两杓，秋吟三数声。
所思渺千里，云外长洲城。

解读赏析
JIEDU SHANGXI

“抱得秋情不忍眠。”

立秋忽至，诗人并未感时伤物，而是怀念起了身在远方的故友，便作了这首借秋怀人的诗。

虽是写秋，起首四句却满是对夏天的留恋，“露簟”“蒲葵”和“新蝉”，都是夏天独有的意象。在这里，诗人有意略去夏的炎热给人带来的不适，他记忆里的夏天，有清凉如露的竹席，有送风扫暑的蒲扇，有生气勃勃的新蝉，有挚友在身边陪伴。可见，对诗人来说，夏天是温馨而惬意的。

然而，正如友人的离去一样，那个怡然自得的夏也已消逝了踪迹，取而代之的是清冷寂寞的秋。中间四句描绘了一幅清雅闲寂的秋夜图：漆黑的夜晚，天凉如水，雕窗上闪动着诗人伸手掌灯的身影，灯光照亮了在黑暗中栖息的白鹤，缥缈而悠长的笙声穿过竹林，一圈圈地融入诗人的心田。

“夜茶一两杓，秋吟三数声。”在这百无聊赖的秋夜里，诗人一边煮茶，一边吟诗，可是这些都难以慰藉内心的空虚。此处，诗人以数字“一两”和“三”入于诗中，更加增强了无人与之相和的孤寂之感。

既然眼前实景如此难挨，那么诗人只能寄情想象，他惦念着许久不见的友人，神思早已飘到千里之外的长洲城：此时此刻，我的朋友，你又是怎样的光景？落句以虚景作结，意蕴绵延，使人陷入无尽的遐想。

①露簟：竹席，因其清凉如沾露，故称。②荻：形状像芦苇，可用来编席。
③蒲葵：蒲葵叶可用来制扇。④凉飚：指秋风。

诗词AB面
SHICI AB MIAN

芭蕉扇其实是蒲葵扇

在我国古典文学名著《西游记》中，芭蕉扇是铁扇公主手中的一把宝扇，当师徒四人途经火焰山而无法继续西去时，孙行者不畏艰险，上演了一出精彩的三调芭蕉扇的故事。而芭蕉扇，若直接按字面意思理解，则是芭蕉制成的扇子，事实却并非如此。现实生活中，人们口中的芭蕉扇，又叫蒲葵扇，简称蒲扇，是由蒲葵树的叶子制成的扇子。蒲葵扇因送风、轻便又价低，成为古人家中必备的消暑器具，也因此成为古诗中夏季众多意象之一。本诗首句“露簟荻竹清，风扇蒲葵轻”即描写了陪伴诗人整个夏季的凉席和蒲扇。

蝉的高洁

自古至今，人们习惯根据物的特征或习性而赋予其特定的文化意义，文人墨客借此抒情言志。出现在文学作品中的象征物丰富而繁多，比如牡丹是富贵的象征，竹是君子的化身，菊是隐士的标签，而蝉，则寓意着高洁。在古人看来，蝉常常高踞枝头，每日饮清风，餐朝露，没有被世间的浊气所污染，正如那不与世俗同流合污的高洁之士。因此，诗人们自诩高洁的时候会想到蝉，如初唐四杰之一的骆宾王由于遭人污蔑而身陷囹圄，在狱中写了一首《在狱咏蝉》来表明心志，其中“无人信高洁，谁为表予心”便是借蝉隐喻自身高洁的品格。

名人万花筒
MINGREN WANHUATONG

长安米贵，居大不易

今天生活在北上广深等一线城市的人，常常会感叹较高的生活成本，而在外打拼的人需要具备出众的能力才能维持体面的生活。其实，不只现代如此，古时亦然。

如唐代名士顾况，纵使他富有资历与威望，也会不时感叹在京城长安生活的不易。所以当他收到白居易的拜谒诗时，并没有直接去看诗作，而是先单单就白居易的名字发出了一句流传至今的吐槽：“米价方贵，居亦弗易。”意即想要在长安生活是多么不容易，并非“居易”，而是大不易才对。

不必担心，白居易作为一名有才华、有理想的好青年，自是文笔卓然，一首《赋得古原草送别》惊得顾况随即对其做出了截然相反的评价：“道得个语，居即易矣。”白居易既然能写出这么优秀的诗作，何愁在长安生活不下去？顾况对其大为赞赏，并为之大力传扬，白居易因此得以声名初显。

不过，顾况“米价方贵，居亦弗易”的观点，白居易可能从未放在心上，他不会因为长安米贵而放弃前往，这些外在的因素不足以动摇他的心志，也不会成为阻碍他脚步的羁绊。他说“身心安处为吾土，岂限长安与洛阳”，无论外部环境有多艰难，只要此心安处，便是吾乡。

知识小问答

“诗魔”是对以下哪位唐代大诗人的称呼？（ ）

A. 白居易　B. 李贺　C. 刘禹锡

仇远，字仁近，一字仁父，自号山村、山村民，人称山村先生，宋代文学家、书法家。

处暑后风雨

［宋］仇远

疾风驱急雨，残暑扫除空。
因识炎凉态，都来顷刻中。
纸窗嫌有隙，纨扇笑无功。
儿读秋声赋[①]，令人忆醉翁[②]。

解读赏析 JIEDU SHANGXI

“罗衾不奈秋风力，残漏声催秋雨急。”

这首诗以发生在处暑节气后的风雨为引，抒写了季节转换对周遭景物和自身生活的影响，同时表达了对先贤欧阳修的追忆之情。

诗人在首联通过“疾”字言秋风之来势汹汹，并将秋风拟人化，运用“驱”字和“扫”字生动形象地描绘了一场秋季的疾风骤雨。经过如此强势的风雨洗礼，夏天的燥气已消弭殆尽。

夏去秋来，本是自然，诗人深知一场秋雨一场凉，但未想到秋凉会来得这么快。颔联中“顷刻”二字与首联中的“疾”和“急”前后呼应，有异曲同工之妙，显示出诗人内心的惊讶：酷暑转寒凉，竟然只在瞬息之间。

颈联中，一“嫌”一“笑”，将诗人面对气温陡降的措手不及和无奈自讽尽皆呈现：从前生了缝隙的纸窗还没有来得及补上，用来消暑的纨扇也还没有来得及收起来，这些在夏天不可或缺的消暑器具，如今却毫无用武之地。

正当诗人兀自感慨的时候，耳边传来琅琅读书声，细听乃知是小儿在诵读先贤欧阳修的《秋声赋》。萧索悲凉的秋天，配上这篇清丽悲慨的《秋声赋》，诗人仿佛看到若干年前的那个秋天，一代文坛领袖欧阳修怀着郁结而苦闷的心情，提笔挥就《秋声赋》。尾联即景生情，借追忆欧阳修作结，为平淡质朴的诗篇增加了浓厚的情感色彩。

①秋声赋：指宋代大文学家欧阳修的辞赋作品《秋声赋》。
②醉翁：指欧阳修。

诗词AB面
SHICI AB MIAN

文人废纸常糊窗

我们可以从一些文人作品中看到糊窗的事例，有人将自己写过的稿纸来糊窗，比如王安石曾说："楚谷越藤真自称，每糊因得减书囊。"有人选择用废纸糊窗，如刘克庄曾说："壁穿自和乾泥补，窗损教寻废纸粘。"社会上甚至有收购文人废纸用来糊窗的生意，如清代诗人赵翼曾说："时来纸贵洛阳城，运去糊窗酒家篇。"为防潮防湿，古人还用油纸糊窗，在寒冷的北方，更是普遍存在着糊两层窗纸的现象。但窗纸确实容易破损，本诗中"窗纸嫌有隙"即是窗纸破损的前兆，因此，窗纸最终被玻璃替代也是必然趋势。

扇里情多

我国古代扇子的种类非常丰富，除本诗之中提到的"纨扇"外，还有绣扇、歌扇、画扇、绿扇、莺扇、翠扇、锦扇、羽扇等样式。扇子既是日常生活用品，也经常作为情感寄托出现在诗词中。怨恨时，会想到扇子，如晏几道《诉衷情》有云："玉人团扇恩浅，一意恨西风。"自怜时，便拿团扇自比，如班婕妤在《怨歌行》中痛苦的低吟："弃捐箧笥中，恩情中道绝。"意气风发时，必有羽扇相伴，如苏轼《念奴娇·赤壁怀古》："羽扇纶巾，谈笑间，樯橹灰飞烟灭。"抑郁不得志时，只能自伤自叹，如孟郊在《塘下行》中云："徒将白羽扇，调妾木兰花。"

名人万花筒
MINGREN WANHUATONG

爱好广泛的仇远

仇远是一个爱好广泛的人，如果用高晓松写的"生活不止眼前的苟且，还有诗和远方的田野"说仇远也很合适。在不如意的人生中挣扎着的仇远，将自己的精神寄托在他众多的爱好上，支撑他走过一生。

仇远爱写诗，著有《金渊集》，对诗歌的发展有自己独特的见解，他认为：近体吾主于唐，古体吾主于《选》。即写近体诗应该向唐诗学习，写古体诗应该向《文选》学习。

爱写词，崇尚姜夔，著有《无弦琴谱》，词作多借景抒发亡国的悲情，其描写隐逸之作，词风飘逸雅致。

爱写笔记小说，著有《稗史》，其中有一些百姓反抗元朝统治者的内容，有教化世人知恩图报的故事，还有一些民间传说，寓意深远。

爱练书法，且有东晋之风，元代僧人弘道称赞仇远说："吾爱山村友，书工字亦工。波澜唐句法，潇洒晋贤风。"可见，仇远的书法造诣颇高。

可惜的是，史料上关于仇远的记载并不多，多少年过去，仇远的很多作品也已经散佚。不过，我们仍然可以在有限的资料中发现一个把生活过得非常充实的仇远，他那被诗、词、小说和书法等众多爱好填满的一生，想来也是富有趣味的。

知识小问答

"草木无情，有时飘零。人为动物，惟物之灵"出自以下哪篇文章？（ ）

A.《秋声赋》 B.《秋兰赋》 C.《长门赋》

白居易，字乐天，号香山居士，与元稹并称“元白”，有《白氏长庆集》传世。

早秋曲江感怀

［唐］白居易

离离暑云散，袅袅凉风起。
池上秋又来，荷花半成子。
朱颜易销歇，白日无穷已。
人寿不如山，年光急于水。
青芜①与红蓼②，岁岁③秋相似。
去岁此悲秋，今秋复来此。

解读赏析
JIEDU SHANGXI

“年年岁岁花相似，岁岁年年人不同。”

这是一首写于早秋时节的感怀之作。首句概括了早秋的气候特点，炎热的暑气已经消散，凉风吹起，让人感觉到秋天的气息。“离离”和“袅袅”运用叠词，使韵律更加婉转和谐。接着，诗人看着荷花池上的景象，感慨又一年春去秋来，清新淡雅的荷花如今大多只剩下一些莲蓬里的莲子。时光飞逝总无情，容颜易老不停歇。巍峨高山长寿无疆，而人的寿命却只有区区几十载，“逝者如斯夫”，年华如水，浩浩汤汤，一去不返。

到了秋天，生长在曲江边的草地和红蓼，好像年年都是这个样子。草木年年相似，那么人呢？诗人去年来此感怀秋天，今年再一次来到这里，也许，明年依旧如此。生命就好像一种循环，回环往复，不过，这秋，终究不是之前的样子了。诗人在这首诗里面，以自然现象的循环来表达自己对于时光流逝的感慨和对生命的理解。

①青芜：杂草丛生的草地。②红蓼：一种草本植物，蓼的一种。多生水边，花呈淡红色。
③岁岁：年年。

诗词AB面
SHICI AB MIAN

处暑三候

处暑，在民间也称为“出暑”，是离开暑气的意思，处，也有停止的意思。因此，过了处暑，天气便会开始凉爽。而处暑的三个候征便是鹰乃祭鸟，天地始肃，禾乃登。

鹰乃祭鸟是说处暑一到，老鹰感受到秋天的气息，便开始捕猎飞鸟，天地间万物也开始凋零。

而过了五天，到了二候，天地始肃。天地万物开始进入了秋的季节，草木萧索。再过五天，禾乃登。禾是黍、稷、粱、稻等农作物的总称，而登，有成熟之意。稷为五谷之长，是成熟得最早的谷物，而在这个时候，稷便首先成熟了。

红蓼是什么

红蓼是一种一年生的草本植物，具有观赏价值，总状花序呈穗状，花淡红色或者白色。红蓼在古诗词当中的意象文化是表达立志和思念。在白居易、杜牧和陆游等人的作品中，都看到过。红蓼在《诗经》中叫游龙，在《山有扶苏》中说“山有桥松，隰有游龙，不见子充，乃见狡童”。

名人万花筒
MINGREN WANHUATONG

白居易居然不收高价稿费

古人写作除了抒发自己的情感之外，有时候还可以赚一下稿费。不过在古代不叫稿费，而叫润笔费。其中润笔费最高的应当是韩愈，韩愈主要是帮人代写墓志铭。那么他的润笔费到底有多高呢，有一个小故事可以证明。据说有一次，韩愈的学生刘义从韩愈那里拿走了好几斤金子，并且对韩愈说：“你这是吹捧死人所得到的，不如送给我做寿礼吧。”韩愈没有拒绝。后来刘禹锡为韩愈写的祭文中说：“公鼎侯碑，志遂表阡，一字之价，辇金如山。”由此我们也能看出韩愈的润笔费之高。

当然，也有不收高价润笔费的人，那就是白居易。白居易与元稹是历史上有名的一对好朋友。元稹曾经在临死之前嘱托白居易为自己写墓志铭，并且赠送给白居易豪华车马、绫罗绸缎、金银玉带，价值六七十万，当作润笔费。但是白居易拒绝收取。元稹三番四次让家人送来，白居易坚持不下，才收了下来。不过后来白居易把这些高价的润笔费转赠给晚年居住的香山寺，并且告诉寺中的人，这些功德都归属于元稹。

知识小问答

以下哪一首诗不是白居易的作品？ （ ）

A.《卖炭翁》 B.《无家别》 C.《观刈麦》

李商隐，字义山，号玉溪（谿）生，又号樊南生，和杜牧合称“小李杜”。

中元作

［唐］李商隐

绛节[①]飘飖宫国[②]来，中元朝拜上清[③]回。
羊权须得金条脱[④]，温峤终虚玉镜台。
曾省惊眠闻雨过，不知迷路为花开。
有娀[⑤]未抵瀛洲远，青雀如何鸩鸟媒。

解读赏析 JIEDU SHANGXI

“此信未达心先到，怎奈物是人非事事休。”

这是诗人写的一首七言律诗，描述了一段凄婉的爱情故事。农历七夕刚过，诗人辗转得见少年时的梦中情人，其人虽在，却已经犹如人仙殊途，物是人非。

诗人在首联用“绛节”飘摇来表现中元节特有的氛围，使者在宫中挥舞着红色的符节，朝臣们遵循中元节的礼仪朝拜祈愿。接着，诗人在颔联中用了两个典故，一个是传说中道教女仙萼绿华夜访羊权家的故事，一个是温峤觅婚的故事，委婉表达了自己的梦中情人不能像萼绿华一样不请自来的遗憾，而他们之间亦不能如温峤明媒正娶，与心爱之人结为佳偶。

颈联中，诗人依旧在追寻着梦中的情人，他记得两人曾经在梦里欢会，如今梦醒时分，早已忘记她身在何处。就像刘晨、阮肇入天台迷路时遇到的那位仙女，却无奈人仙殊途。尾联中，诗人表示有娀还没有瀛洲那么远，但是西王母的信使也没办法帮我们做媒，我们之间，终究是有缘无分。诗中多次运用典故，内涵丰富，含蓄地表达了自己与追求之人之间不可逾越的距离。

①绛节：使者所持的红色符节。②宫国：即宫中。③上清：此指宫中。
④条脱：女子腕钏，俗称手镯。⑤有娀（sōng）：国名。出自屈原《离骚》。

诗词AB面
SHICI AB MIAN

中元是什么节日

中元节是我国传统节日之一，与上元节、下元节合称“三元”。农历正月十五日称上元节，为庆祝元宵，有时会举办大规模的上元灯会，十分热闹。中元节则在农历七月十五日，俗称鬼节、施孤、七月半，佛教称为盂兰盆节，是中国传统祭祖节日。与除夕、清明节、重阳节（除、清、九）三节一样，是中国传统节日里祭祖的四大节日之一。民间多是在此节日怀念亲人，并对未来寄予美好的祝愿。

中元节这一天，人们会准备丰富的祭品，也会用烧香焚纸、放河灯等方式进行祭祀。除此之外，还有做面塑、做茄饼、祈丰收、祭祀土地和庄稼等习俗。全国很多地方还会选择吃鸭子。因为“鸭”与“压”谐音，意为压住“魂灵”。下元节则在农历十月十五日，吃寒食以纪念贤人。

诗词小真相
SHICI XIAOZHENXIANG

温峤是谁

温峤的典故取自《世说新语·假谲（jué）》，书中记载，温峤的妻子早年去世，当时正值战乱频繁、家庭离散的时候，温峤的姑姑刘氏家中有一个女儿，十分貌美又聪慧，于是刘氏便嘱托温峤给自己的女儿找个郎君。

温峤私下有意为自己定下这门亲，便回答说：“称心如意的女婿不容易找到，不知道像我这样的可不可以？”姑姑刘氏说：“在乱世之中活下来，已经很幸运了，只求能够保住性命，安度晚年便足够了，哪里还敢奢求和你一样的女婿。”

不久，温峤告诉刘氏说，已经找到合适的人家，门第也还行，这女婿名声和官职都不比自己差，同时送上一个玉镜台作为聘礼。刘氏非常高兴。等到行过交拜礼之后，新娘用手把盖头一掀，拍手大笑说：“我本就疑心是你这个老家伙，果然不出我所料。”

原来，这新郎官就是温峤，他假装为刘氏的女儿寻佳婿，实际上却是为自己定下了这门亲事，而这玉镜台就是温峤做刘越石的长史，被派北伐刘聪时得到的。

知识小问答

下列哪一项是李商隐诗歌上的独创？（ ）

A. 闺怨诗　B. 咏史诗　C. 无题诗

白居易，字乐天，号香山居士，与元稹并称“元白”，有《白氏长庆集》传世。

南湖晚秋

［唐］白居易

八月白露降，湖中水方老。
旦夕秋风多，衰荷半倾倒。
手攀青枫树，足蹋[1]黄芦草。
惨澹[2]老容颜，冷落秋怀抱。
有兄在淮楚，有弟在蜀道。
万里何时来，烟波白浩浩[3]。

解读赏析
JIEDU SHANGXI

“秋风愁煞人，秋思无边际。”

农历八月已经是白露的时节了，南湖中的湖水才刚刚要有变化。秋季早晚温差很大，秋风萧瑟，带着些许凉意。南湖里夏季本是盛开着荷花，但是白露已到，秋意正浓，荷花早已凋零，只剩下残败的荷叶在湖中倾倒，寥寥数字，勾勒出一幅萧索清冷的画面。

诗人手攀着还带着绿意的枫树，脚踩着有些枯黄的芦草丛，小心翼翼地走在南湖边上。诗人看到深秋季节这些衰落的景象，想起了自己也仿佛处在人生的秋季，容颜易老，鬓发微白。迎着秋风，好像跌进了秋的怀抱，而在这样略显伤感的时期，身边却无人相伴。兄长在淮楚之地，弟弟在四川蜀道，地理阻隔，音信不常。

诗人看着这烟波浩荡，生出无限的感慨，思念之情再也抑制不住，问出一句“万里何时来”，但可惜，并没有人可以给他答案，他的一片思念之情就化作这茫茫的南湖湖水。

①蹋：同“踏”，踩踏，践踏。②惨澹：也作“惨淡”。暗淡，悲惨凄凉。
③浩浩：形容水势浩大。

诗词AB面 SHICI AB MIAN

“楚”在哪里

我们经常说的楚有好几个概念，首先是楚地，指的是以郢都为中心的古楚国所辖之地，范围很大，后来主要引申为湖南、湖北附近的区域。

其次是楚国，楚国是先秦时期位于长江流域的诸侯国，周成王时期，封楚人首领为子爵，建立楚国。这个楚国在历经楚庄王、楚宣王、楚威王等历任国君之后，就来到了亡国之君楚怀王这个时期，屈原也就是在这个时候投汨罗江自尽。屈原的《楚辞》就是以楚地方言和楚文化为基础创作的。

最后是楚汉之争。项羽早年跟随叔父项梁在吴中起义，在秦王后自称西楚霸王，定都彭城，就是现在的江苏徐州，并与汉王刘邦展开了四年的楚汉战争，最终以项羽败亡，刘邦建立西汉而告终。而淮楚，就是楚汉之争的楚河汉界，地理上属东楚，而屈原时期的楚国，地理上属西楚。

名人万花筒 MINGREN WANHUATONG

白居易为什么在日本这么受欢迎

虽然在唐朝，白居易的名气不如李白、杜甫，但在日本，白居易的名气却很大。早在日本平安时代前期，日本天皇就是白居易的忠实粉丝，他在位期间，汉诗文在日本得到很大发展。当时日本的文人聚会时，会通过作汉诗来彰显自己的才华，而这些诗歌中引用借鉴最多的就是白居易的诗。

到了平安时代中期，日本朝廷还开设了专门讲解白居易的《白氏文集》的讲座，讲座由当时的名士主持，这是史无前例的，除此之外，在宫中，天皇还会与大臣们仿照白居易的诗，共同作诗。

当时的名士大江维时整理了一部唐朝诸多诗人名句集合的《千载佳句》，里面总共收录了153位诗人的1083首诗作，其中白居易的诗作就占了507首，达到半数之多，可见白居易在日本的受欢迎程度。

那么白居易为什么会在日本这么受欢迎？究其原因，首先是白居易的诗歌风格，白居易的诗作通俗易懂，对于不精通中文的日本人来说，这样的诗作更容易理解，流传也就更广。其次是白居易后期诸多体现自然之美和人生感悟的作品，打动了他们。

知识小问答

以下哪一项不是白居易的主张？（ ）

A. 新乐府运动　B. 文章合为时而著　C. 古文运动

姚合，中国唐代著名诗人，陕州（今河南陕县）人。世称姚武功，其诗派称武功体。

赠供奉[1]僧次融

［唐］姚合

会解[2]如来意，僧家独有君。
开经对天子，骑马过声闻。
本寺远于日，新诗高似云。
热时吟一句，凉冷胜秋分。

解读赏析 JIEDU SHANGXI

“心有静思，方能行远。”

这是一首赠诗。姚合在担任县吏期间，渐生隐逸之心，因此诗作中开始有隐逸情怀的选材出现。姚合在首联便介绍了这位能够领会如来佛祖神意的僧家弟子，他是聪慧有佛缘的次融。次融对着天子解读经书，佛法造诣很深，虽听得骏马往来嘈杂之声，却能够做到心如止水，不为所动。

颈联中，作者介绍了寺庙的地理位置，说寺庙在远离喧嚣闹市的地方，因为清冷，更能静思，因此在此写诗的境界比白云还要高。兴致来的时候，咏诵那么一句，等兴致散去，便已经是比清冷的秋色还胜上半分。

整首诗意境清冷，具有寺院特有的清幽之感。“热”与“凉”相对，“日”与“云”相对，选择的都是我们生活中的常见之物、常有之感，给读者更好的融入体验。语言朴素，用词简单，平易近人，却自有一种野逸清瘦之态。

①供奉：指祭祀神佛、祖先。
②会解：领会理解。

诗词AB面
SHICI AB MIAN

永嘉四灵与姚合的关系

永嘉四灵是南宋后期四位诗人的合称，分别是徐照、徐玑、赵师秀、翁卷。他们旨趣相投，诗歌风格相似，专以贾岛、姚合为法，要求以清新刻露之词写野逸清瘦之趣。诗歌继承了山水田园派诗人的传统，多写寄情山水的闲适生活。打破了江西诗派以吟咏书斋生活为主的“形式主义”风格。因为这四位诗人字号里都带有“灵”字，所以称为永嘉四灵。

姚武功是谁

古人称呼人的方法有很多。有的是以一个人的出生地来称呼他，比如孟浩然是襄阳人，因此人称孟襄阳；柳宗元出生在河东，故而称其为柳河东。

有的则是以他任职的官地来称呼他，比如姚合曾经当过武功县的主簿，因此世称他为“姚武功”；有的是以官职来称呼，如杜甫担任过工部侍郎，因此也叫他杜工部，他的诗集则为《杜工部集》。还有的则是以郡望称呼，如韩愈是唐代望族昌黎韩氏之后，因此自称韩昌黎。除此之外，还有以爵名、谥号、斋名等为称呼的。

名人万花筒
MINGREN WANHUATONG

姚合和他的吏隐之路

姚合在从政早期，先后历任武功、万年、富平等地的县吏，创作了大概58首记录县吏生活的县居诗，这些县居诗是姚合诗歌传播和接受的重要对象，也成为后来县吏文人学习的创作范式，开辟了县吏诗的发展道路。

姚合的诗歌风格被概括为“武功体”，其内容多写他担任县吏时官况萧条的境遇，以及山县荒凉的景象，意境清寒苦僻。从姚合县吏诗中，我们可以看到姚合内心隐与仕的矛盾挣扎。

早年姚合也曾壮志满怀，期望能在地方施展拳脚，但是随着单调的县吏生涯的延续，姚合渐渐感觉到了政治的无力，他开始对自己的仕途产生了怀疑，从而生出隐逸情怀的尝试，在《唐才子传》中记载他“性嗜酒，爱花，颓然自放，人事生理略不介意，有达人之大观”。

后来，姚合与白居易结识，在白居易的诗中，他找到了能够中和自己仕与隐矛盾的方法，那便是中隐，也叫吏隐，就是在出仕当官的同时保持内心的超凡脱俗，从而达到身不隐心自隐的状态。

知识小问答

姚合的诗歌受到下面哪个诗派的影响？（ ）

A. 江西诗派　B. 韩孟诗派　C. 魏晋古派

贾岛，字阆（láng）仙，人称“诗奴”，与孟郊共称“郊寒岛瘦”，唐代诗人。

夜喜贺兰三见访

［唐］贾岛

漏钟①仍夜浅，时节欲秋分。
泉聒②栖松鹤，风除翳③月云。
踏苔行引兴，枕石卧论文。
即此寻常静，来多只是君。

解读赏析
JIEDU SHANGXI

“门前冷落车马稀，惟有君心相顾念。”

这是一首记事之作，题目中一个“喜”字就点明了诗人的情感。首联“漏钟”与“时节”相对，点明了时间。友人在夜色初显的时候来访，家中的漏钟刚进入晚间的计时，而望向窗外，则是到了秋分时节。

颔联重在写景，晚间寂静，因此泉水在山间发出“聒噪”的声音，这里运用了以动衬静的写法，以泉水声音的“嘈杂”来衬托出周围环境的清幽。在泉眼旁边栖息着松鹤，三三两两，悠闲自在。秋风吹拂，把月亮旁边的乌云都吹散了，只留下明月高悬，发出皎洁的月光。

颈联记录诗人与友人相会时的情景，两人迎着月光，踩着庭院中带有青苔的小路，交谈甚欢，走得累了，便随意倚靠在一块石头上，谈到兴处，甚至枕着石头卧躺着谈论诗文。好不尽兴。“苔”字说明来访者不多，同时也点明了诗人的隐居环境，与题目中的“喜”字相呼应，难得有人能够想起诗人，并且来家中探访，于是诗人在尾联便发出了自己的感慨：我这里环境清冷，人迹罕至，寂静非常，能来这里的，也就只有好友你了。

①漏钟：古代计时工具。②聒：吵扰。
③翳：原指用羽毛做成的华盖，这里是动词，意为遮蔽、隐藏。

诗词AB面 SHICI AB MIAN

郊寒岛瘦是谁

“郊寒岛瘦”出自苏轼的《祭柳子玉文》，后来在朱熹和孔尚任的诗文中也有提及。“郊”和“岛”分别指的是孟郊和贾岛，他们是晚唐的一对苦吟诗人，虽年龄差距有28岁，但是诗风较为相似。“寒”是指清寒枯槁，“瘦”是指孤诣瘦硬，这两种意境颇为相似，因此被后世并称“郊寒岛瘦”。

松鹤意象代表什么

在道教文化中，鹤是长寿的象征，并且道教中的仙人大多都是以鹤为坐骑，因此鹤便有了仙鹤的说法。受此影响，古人经常把仙鹤和松树画在一起，表达延年益寿的美好愿望。

除了表示长寿，鹤因为其形态纤长，具有仙风道骨之姿，被称为“一品鸟”，在人们心中，地位仅次于传说中的神鸟凤凰。因此，鹤也有表现性情高洁的寓意。古人多用白鹤来比喻具有高尚品德的贤能志士。

名人万花筒 MINGREN WANHUATONG

“苦吟诗人”贾岛做诗奴

关于贾岛，最著名的应该是有关“推敲”的故事。据说当时贾岛吟了一句诗“鸟宿池边树，僧敲月下门”，但是他又觉得把“敲”改成“推”会不会更好，于是就很纠结，还不断用手做出“推”和“敲”的姿势。他想得入神，都没注意前面来的京兆尹韩愈的仪仗队，韩愈就很好奇贾岛在想什么想得这么入神，便向贾岛询问，贾岛便如实相告。后来，韩愈告诉贾岛用“敲”字更好。两人相谈甚欢，结为布衣之交。

苦吟诗人贾岛的“苦”体现在两个方面，其一是生活的贫苦，贾岛生活十分困苦，经常是穷得吃了上顿没有下顿，后来为了生存，贾岛不得不选择当和尚，至少还有一口饱饭可以吃。后来，贾岛觉得和尚的生活并不是自己想要的，便还俗了，还俗之后，他再一次面临生活的窘境，并且疾病也随忍饥挨饿而来。

另一个方面的苦则是在作诗方面的，贾岛在诗歌上讲究用字，绞尽脑汁，废寝忘食，但是这个苦是相对的，实际上，他热爱写诗，为喜爱的事业奉献是值得的。贾岛被后世称为“诗奴”，他一生愿意为诗做奴，他曾说“一日不做诗，心源如废井”，“推敲”只是他苦吟生活中的一个例子。

知识小问答

下面哪一句是贾岛“两句三年得，一吟双泪流”的诗句？（　）

A. 知音如不赏，归卧故秋山　B. 鸟宿池边树，僧敲月下门　C. 独行潭底影，数息树边身苏轼，字子瞻，号东坡居士，眉州眉山人，北宋著名词人、书法家。

水调歌头·明月几时有

［宋］苏轼

丙辰中秋，欢饮达旦，大醉，作此篇，兼怀子由。

明月几时有？把酒问青天。不知天上宫阙，今夕是何年。我欲乘风归去，又恐琼楼玉宇，高处不胜寒。起舞弄①清影，何似在人间？转朱阁②，低绮户③，照无眠。不应有恨，何事长向别时圆？人有悲欢离合，月有阴晴圆缺，此事古难全。但愿人长久，千里共婵娟④。

解读赏析

JIEDU SHANGXI

“天涯海角，唯愿各自安好。”

苏轼和弟弟苏辙的手足情深历来为世人所称道，这首《水调歌头》便是苏轼在中秋之夜怀念弟弟苏辙的呕心之作，它因情深而动人，因境高而传唱千古。

圆月高悬时，词人手捧酒杯，与青天对酌，发出响彻古今的天问：明月是几时有的？纷纷扰扰的人世早已历经朝代更迭，九霄之上的宫殿又是何年何月？接着，词人以瑰丽的天宫幻想和现实的生命体验告诉世人：人间更值得留恋。因为那云中的宫殿怎能比得上月下翩跹起舞的身影真切可感？那超尘的广寒怎么比得上人间烟火的温暖？

青天不语，只有月光悄悄绕过阁楼，透过雕窗，照在词人的身上。月圆人不圆，今夜，注定无眠。词人心中难免愤懑：月亮啊，难道你心中有恨，怎么总是在人们分离时最圆？但词人的愤懑点到为止，转而纵观古今，俯视寰宇，给自己的问题一个豁达而圆满的答案：人的悲欢离合和月的阴晴圆缺皆是自古难周全，只愿你我一生平安喜乐，纵使相隔千里，仍能共沐月华。

全词由月始，由月终，中间穿插身边实景和天上虚景的转换，结构紧凑，韵律优美，最终将抒情升华到哲理的高度，其境雄浑而又飘逸，其情克制而又高蹈。宋人胡仔在《苕溪渔饮丛话》中说：“中秋词，自东坡《水调歌头》一出，余词尽废。”这便是苏词的魅力。

①弄：赏玩。②朱阁：朱红的华丽楼阁。
③绮户：雕饰华丽的门窗。④婵娟：指月亮。

诗词AB面

SHICI AB MIAN

序，苏东坡在作品中不会用的字

《水调歌头》中“丙辰中秋，欢饮达旦，大醉，作此篇，兼怀子由”这句话交代了这首词的创作时间和动机，我们称之为小序。苏轼的词作中也经常会出现这种题序的形式，但是，苏轼不会用“序”这个字，就算需要用的时候，也不会把序称之为“序”，为什么呢？按照古人“为尊者讳，为亲者讳，为贤者讳”的传统，君民之间臣民要避讳用到皇帝的名字，亲人之间后辈要避讳用到先辈的名字，苏轼在作品中不用“序”字，正是因为他的祖父名为苏序。这种现象在古代颇为常见，有些避讳甚至连古人自己也无从预知，比如唐代著名诗人李贺因为父亲名为晋肃而不能参加进士考试。

名人万花筒

MINGREN WANHUATONG

苏轼：与君世世为兄弟

从《水调歌头》中，我们感受到了苏轼对弟弟苏辙的深挚情感，而在苏轼一生的作品中，直接或者间接提及苏辙的作品非常之多，字里行间都流露出兄弟俩的手足情深。

宦海沉浮中，无论身处何方，二人始终相互惦念。几乎每到一处任所，苏轼就要给苏辙寄去书信。苏辙家境并不宽裕，却又儿女众多，苏轼看到弟弟的日子艰难，便全力帮助弟弟解决儿女婚配大事。当苏轼几经贬谪生活困顿时，弟弟苏辙亦倾尽心力。

兄弟俩此生最大的愿望是能时时相聚，每次见面都有说不完的话，每次离别都难舍难分。不过，从小到大形影相依的两人却性格各异，苏轼热情而直爽，苏辙沉默而温和。苏轼这种直言不讳的性格，若是遇上正人君子，定然相谈甚欢且相安无事，但若碰上心胸狭窄的小人，必然会给自己招致灾祸。

苏辙深知其兄的性格弱点，担心兄长因此受苦，常常劝告其慎言，遇到大事更要三缄其口。但是，苏轼，一个“如蝇在食，吐之方快”的人，如何能三缄其口？后来，发生了乌台诗案，在苏轼以为自己即将不久于人世时，认为自己最大的遗憾是不能与弟苏辙见最后一面，只能期盼“与君世世为兄弟，更结人间未了因”。

《宋史·苏辙传》说：“辙与兄进退出处无不相同，患难之中，友爱弥笃，无少怨尤，近古罕见。”

知识小问答

“一洗绮罗香泽之态，摆脱绸缪宛转之度”是对哪位词人的评价？ （ ）

A. 李清照　B. 欧阳修　C. 苏轼

张九龄，字子寿，一名博物，唐代诗人，有《曲江集》，被誉为“岭南第一人”。

望月怀远①

［唐］张九龄

海上生明月，天涯共此时。
情人怨遥夜，竟夕②起相思。
灭烛怜③光满，披衣觉露滋④。
不堪盈手⑤赠，还寝梦佳期。

解读赏析
JIEDU SHANGXI

“月亮落在梦中，溶化了。”

这是一首借望月以寄相思的诗。

首联点题，交代了引发相思的时间背景。明月初升，九州同赏，何其壮观，其中“生”字传递出一种时间流动感，“共”字呈现出了同一时间不同空间下的人间月景：无论是瀚海荒漠还是烟雨江南，无论是楚馆秦楼还是小巷寒窗，无论是宫殿紫陌还是茅屋花径，这一刻，月华点亮了你的夜晚，也牵动了你的柔肠。

颔联承上，书写了情人心中的相思之情。月高高，人寥寥，在长夜里独宿空房，想起远方的爱人，便辗转反侧难以成眠，只能通宵对着明月暗自神伤。

颈联转折，描绘了诗人眼前的相思之境。在经过首联和颔联的景与情的铺垫后，诗人由物及我，当他看到床头、桌角和屏风上洒满了月光时，心中萌生欢喜，准备起身赏月，披上衣衫，却感受到一股潮湿的凉意，这才发觉已是更深露重的深秋时节。

尾联述己，抒发了胸中无限的相思之意。眼前的月光如此可爱，诗人竟想捧一束送给远方的亲人，无奈月光总是从指缝间溜走，只能寄希望于梦中相聚。

诗人由“共此时”“起相思”到“怜光满”“梦佳期”，由景及情，由物及我，用质朴无华的字眼塑造出了壮阔高远的境界，情感充盈，余味悠长，表达了对远方亲人无尽的思念。

①怀远：怀念远方的亲人。②竟夕：终宵，即一整夜。
③怜：爱。④滋：湿润。⑤盈手：双手捧满。

诗词AB面

SHICI AB MIAN

最早的望月怀远诗

文人墨客喜欢吟咏月亮，因为月亮总能勾起人们内心深处无限的情思，很多时候，月亮是怀念的代名词。那么，是从什么时候开始，望月就会产生怀远的心理呢？有人认为这种望月怀远的心理映射始自《诗经·陈风·月出》。焦竑《焦氏笔乘》中说：“《月出》见月怀人，能道意中事。”《月出》中“月出皎兮，佼人僚兮”将月和人紧密联系在一起，有望月怀人之意。还有人认为，最先表达望月怀远内涵的诗是秦嘉的四言《赠妇诗》。虽然说法不一，但足以说明古人望月怀远很早就开始了，月亮也由此成为诗词中最为常见的意象。

“怜光”是什么样的光

现代人说“可怜”，多表达怜悯之意，可当古诗词中出现“可怜”时，不同语境下意义千差万别。有怜悯意，如陈陶《陇西行》：“可怜无定河边骨， 犹是春闺梦里人。”有可惜意，如辛弃疾《破阵子》：“了却君王天下事，赢得生前身后名。可怜白发生。”有羡慕意，如白居易《长恨歌》：“姊妹兄弟皆列土，可怜光彩生门户。”有可怪意，如李商隐《贾生》：“可怜夜半虚前席，不问苍生问鬼神。”还有可爱意，如古乐府《孔雀东南飞》：“可怜体无比，阿母为汝求。”而本诗颈联“灭烛怜光满”的“怜”字，便取其可爱之意，怜光也即是形容月光可爱的意思。

名人万花筒

MINGREN WANHUATONG

捉鼠解朝廷

在朝为官，张九龄是官员的楷模，他敢于直谏；回乡休养，张九龄心怀乡人，他为民修道。因此，当张九龄去世后，皇帝怀念他，百姓颂扬他。也正是由于家乡人对张九龄的爱戴，所以民间流传着许多关于他的传说，其中，最为有趣的是张九龄捉鼠解朝廷的故事。

这个故事版本颇多，但故事发生的时间都是张九龄年少时。相传，张九龄幼年读书时，有一段时间总是丢东西，丢的东西不是别的，正是用来磨墨的墨块。张九龄百思不得其解，会是谁拿走了墨块呢？

丢墨事件接二连三发生之后，张九龄终于将“凶手”当场擒拿。原来，偷墨的不是别人，而是一只老鼠。见到老鼠，大多数人的做法定是一棍打死，“过街老鼠，人人喊打”这句谚语足以证明人们对老鼠的厌恶。

当然，如果故事的主人公张九龄也像大多数人那样做，这个故事就不精彩了。张九龄没有打死这只偷墨的老鼠，他把老鼠钉在木板上，插上小旗，并赋诗一首：“张屋张九龄，捉鼠解朝廷；若然解不到，社神土地不安宁。”随后，将其置于江中，木板果然载着“凶手”向北而去，时人称奇。

知识小问答

以下哪个不是月亮的别称？（ ）

A. 寰宇　B. 冰轮　C. 蟾桂

苏轼，字子瞻，号东坡居士，眉州眉山人，北宋著名词人、书法家。

西江月·世事一场大梦

［宋］苏轼

世事一场大梦，人生几度秋凉？夜来风叶已鸣廊[1]。看取眉头鬓上。
酒贱常愁客少，月明多被云妨[2]。中秋谁与共孤光[3]。把盏凄然北望。

解读赏析

JIEDU SHANGXI

“月未圆，思念已满。”

这首词作于词人被贬期间。此时的词人早已不是那个年少不知世事艰难的少年，他历经沧桑，仕途浮沉，每当夜深人静的时候，那满肚子的不合时宜总会袭上心头，化作笔下字句喷薄而出，可谓句句话凄凉，字字皆寂寞。

词的上阕融情于景，营造了一种高玄清寂的氛围。起首二句奠定了全词凄沉哀伤的感情基调：世事难测，曾经一朝登科，无限风光，现今深藏功名，半生飘摇，正如那梦境般变幻缥缈易逝；人生短暂，一生能有几度秋？没有人能回答，只听秋风吹得树叶儿沙沙响，只见铜镜里的人，眉头紧锁，鬓角白发生。

词的下阕借景抒情，诉说着自身无人相伴的孤独。有酒，却并非美酒，因而客人寥寥；有月，却乌云连连，掩盖月的光辉。这里，“云”明指天上的乌云，暗指那些陷害正义之士的奸邪小人。眼前景，朝中事，无一不让词人心生愁苦。

而当日恰逢中秋，本该阖家团圆的日子，词人远离亲友，独自居住在寓所里，仰望星空，回想着从前欢聚的情景，心中的郁闷便一发不可收拾。拿起酒杯对着亲人所在的方向凝望良久，可思念并没有得到丝毫慰藉，秋风过处，那抹瘦削的身影显得分外凄然。

①鸣廊：在回廊上发出声响。
②妨：遮蔽。③孤光：指月亮。

诗词AB面 SHICI AB MIAN

苏轼为什么要北望

《西江月·世事一场大梦》的落句以“把盏凄然北望”作结，意味深长，词中又未明确表明怀人或言志，便引发了后人对题旨和苏轼“北望”对象的猜测。目前，存在着两种不同的观点。其中，一种观点认为，当时北宋京都汴京在北方，苏轼北望即是遥望汴京，关心着君王和朝局，如沈雄在《古今词话》中评价说：“一日不负朝廷，其怀君之心，末句可见矣。”另一种观点认为，苏轼北望是望向弟弟苏辙所在的地方，本词抒发的也是对弟弟苏辙的思念之情，如胡仔在《苕溪渔隐丛话》中评价说：“兄弟之情见于句意之间矣。”

不信邪的苏东坡

当古人遇到难以解释的自然现象时，常常会想到神灵或妖魔，心中或敬畏，或害怕。苏东坡却是个不畏神魔的人，他坚信，自己一介正义之躯，妖魔鬼怪有何可惧？因此，遇到奇异之事，他总能镇定自若，任何人也不能因怪事捉弄于他。一次，苏东坡家里请的奶妈忽然大声喊叫，说自己是鬼，想请苏东坡为其写一篇祷告文，苏东坡没有答应，又说给点酒肉也行，苏东坡还是没有答应，最后实在没有办法，要求苏东坡给口水喝，这回苏东坡答应了，奶妈喝完水后便恢复了知觉。

名人万花筒 MINGREN WANHUATONG

史上最像典故的杜撰

古代文人为了能够在科考中取得出色的成绩，进而得到一个锦绣前程，自幼便寒窗苦读，再一步步参加考试，考试的最后一个环节是殿试，殿试主要考查考生的政论。

参加殿试时的苏轼已是饱读诗书、经纶满腹，他的文章论述的是为政的宽与简，其文精彩绝伦，考官们极为赞赏。

唯独考卷判官梅圣俞颇有疑惑，想不起苏轼文章中一个典故出自哪里，即“当尧之时，皋陶为士，将杀人。皋陶曰杀之，三。尧曰宥之，三”。于是，梅圣俞在考试结束后向苏轼私下求教，答案让梅圣俞非常吃惊，因为苏轼说这句话是自己凭想象杜撰的。

殿试考生的文章皆经大儒们层层把关，最后还要呈送给皇上过目，而苏轼的文章之所以能够安然过关，首先是苏轼的文章写得确实文采飞扬、光芒万丈，很少有人去细究这个细节的根源。其次，苏轼深厚的文学功底令他在前人的经典中游刃有余，灵活运用所学知识，才能够把一个杜撰的典故写得如此自然妥帖。

此外，可能那些以博学著称的大儒也不敢保证自己在读书时不会漏记，就算心有疑虑，出于自尊，只会像梅圣俞那样私下询问，而不会公开质疑。

知识小问答

苏门四学士指的是黄庭坚、秦观、晁补之和以下哪个人？（ ）

A. 张耒　B. 陈师道　C. 李廌

辛弃疾，字幼安，别号稼轩，南宋豪放派词人，与李清照并称“济南二安”。

一剪梅·中秋元月

［宋］辛弃疾

忆对中秋丹桂丛，花也杯中，月也杯中。今宵楼上一尊[①]同，云湿纱窗，雨湿纱窗。
浑欲[②]乘风问化工[③]，路也难通，信也难通。满堂唯有烛花红，歌且从容[④]，杯且从容。

解读赏析 JIEDU SHANGXI

“今朝有酒今朝醉。”

月亮是以中秋节为题的诗词中的主角，辛弃疾这首词反其道而行之，记录了一个没有月亮的中秋夜。

上阕通过今夕对照，描绘了词人所经历的两次完全不同的中秋景象。起首一个“忆”字将神思引向脑海中的花好月圆夜：那晚，丹桂满园，极为明艳，而词人置身芳丛之中，月影和花影在酒杯中晃动，和着这美景一饮而下，肺腑里有月的凉，有花的香。今夜又是中秋，依然有酒，却因为阴雨天而不得不躲在屋内，失了明艳的花，没了皎洁的月，顿觉索然无味。

曾经“花也杯中，月也杯中”，此时“云湿纱窗，雨湿纱窗”，对比之下，词人自然产生心理落差。下阕即生动地展现了词人的内心变化：想大声地问一问上天，为何中秋无月？但转念一想，自己的诉求是上达不了天听的，罢了罢了，不如守着满堂红亮的烛花，慢慢地唱歌，细细地品酒，聊作慰藉。

词人的情感随心而动，一波三折。面对中秋无月，词人从难以接受的愤懑，到认清现实的无奈，再到自娱自乐的洒脱，表达了词人对现状不满但又无法改变的郁结，也反映出词人于逆境之中仍能乐观直面惨淡人生的坚毅心志。

值得称道的是，词人运用直白朴素的语言构造出超逸唯美的意境，复沓的结构技巧更使得整首词整齐自然、朗朗上口。

①尊：同“樽”，酒杯。②浑欲：简直想。
③化工：指自然的造化者。④从容：悠闲舒缓，不慌不忙。

诗词AB面
SHICI AB MIAN

诗词的复沓美

复沓是一种语言文字的表现手法，在诗词中颇为常见。判断诗词中是否运用了复沓的表现手法，一般可观察句与句之间的相似程度，若是两句的区别只是更换了某个字或者词语，即是复沓。如《木兰诗》中“问女何所思，问女何所忆。女亦无所思，女亦无所忆”，前后两句只更换了“思”字和“忆”字，是典型的复沓句。还有《诗经》中的《国风·秦风·蒹葭》也是采用复沓结构的名篇。复沓的形式韵律整齐而优美，易于吟唱，便于记忆，表情达意更为深刻。辛弃疾此词中的“花也杯中，月也杯中……云湿纱窗，雨湿纱窗”等可谓深得复沓的精髓。

丹桂是美好的象征

辛弃疾在此词中回忆了往年惬意满满的中秋夜，而丹桂，为回忆增添了一抹明艳美好的色彩。丹桂是什么呢？其实，丹桂就是我们说的桂花。丹桂出现在文学作品中时，有时用作景物描写，单纯指丹桂的植物属性，还有时则用其象征义。当夸赞某人优秀时，便将其比作丹桂，如《晋书·郤诜传》中有云：“为天下第一，犹桂林之一枝。”此外，古人还将科第比作桂花，当科考中榜时，便称折桂，成语蟾宫折桂亦是同义，《红楼梦》第九回中云：“彼时黛玉在窗下对镜理妆，听宝玉说上学去，因笑道：‘好，这一去，可是要蟾宫折桂了，我不能送你了。’”可见，无论是对人才的褒奖，还是对科第的代称，丹桂都象征着古人内心那些美好的事物。

诗词小真相
SHICI XIAOZHENXIANG

可豪情万丈，亦可清新平常

南宋俞文豹的《历代诗余引吹剑录》有一句著名的比喻：“柳郎中词，只合十七八女郎，执红牙板，歌‘杨柳岸，晓风残月’。学士词，须关西大汉、铜琵琶、铁棹板，唱‘大江东去’。”虽是说柳永和苏轼，但也生动形象地道出了豪放和婉约的区别所在。

而在宋词的发展里程中，先是苏轼开创了豪放一派，而后辛弃疾将豪放派切实确立并发扬光大，但词人的创作风格往往是多样的，不能一概而论，辛弃疾的词作便是如此。

豪情万丈是他。建功立业是辛弃疾一生的追求，他不惧上阵杀敌，期望做统兵沙场的英雄，他说：“道男儿，到死心如铁。看试手，补天裂。”

忧愁压抑是他。当建功立业的愿望不能实现时，辛弃疾陷入了英雄无用武之地的郁闷之中，在词中抒发对奸佞小人的痛恨：“君莫舞。君不见、玉环飞燕皆尘土。”

清新平常也是他。辛弃疾的一些词作还描绘了温馨有趣的农村田园生活，如“大儿锄豆溪东。中儿正织鸡笼。最喜小儿无赖，溪头卧剥莲蓬”，饱含浓厚的生活气息。

可见，辛词词风多样，内容多元，正如袁行霈在《中国文学史》中评价辛弃疾的词时所说：“悲壮中有婉转，豪气中有缠绵，柔情中有刚劲。”

知识小问答

以下哪种词体是辛弃疾独创出来的？（ ）

A. 辛体　B. 稼轩体　C. 幼安体

李白，字太白，号青莲居士，又号“谪仙人”，唐代伟大的浪漫主义诗人。

忆秦娥·箫声咽

［唐］李白

箫声咽，秦娥梦断秦楼月。秦楼月，年年柳色，灞陵伤别。
乐游原①上清秋节②，咸阳古道音尘绝。音尘绝，西风残照，汉家陵阙。

解读赏析

JIEDU SHANGXI

“念天地之悠悠，独怆然而涕下。”

李白词量不多，却首首精品。被称为“神在个中，音流弦外”“词中鼻祖”。

《忆秦娥 · 萧声咽》虽是写女子相思，却伤古怀今，大气磅礴，意境开阔，开后代词作之格局。

这首《忆秦娥 · 箫声咽》有几个特点。一是寄寓比兴。诗人托“秦娥”抒情怀，从“梦断”“伤别”这样直观的感情到后面的“西风残照，汉家陵阙”意象相融。以景衬情，从个人的“小情”到伤古怀今的“大情”，意境顿开。二是节奏感强。尤其是前三句，“箫声咽，秦娥梦断秦楼月。秦楼月”虽算不上顶针，但是从节奏习惯来讲，妙法自然，朗朗上口。三是对比反思强烈。这首词的意象，已经不再是“大唐盛世”那种昂扬、自信的气象了，虽然也是开阔雄厚，但是带着一股悲凉，交杂着盛与衰、古与今、悲与欢的反思。

王国维在《人间词话》中评论：“太白纯以气象胜，‘西风残照，汉家陵阙’，寥寥八字，遂关千古登临之口。”确实如此。这首词“悲凉跌荡，虽短词中具长篇古风之意气”。不愧为“百代词曲之祖”。

值得一提的是，毛泽东长征途中写下的《忆秦娥 · 娄山关》中“雄关漫道真如铁，而今迈步从头越”“苍山如海，残阳如血”的意境同样开阔，气象浑厚，不失大家手笔。

①乐游原：又叫“乐游园”，在长安东南郊，是汉宣帝乐游苑的故址，其地势较高，可俯视长安城，在唐代是游览之地。
②清秋节：指农历九月九日的重阳节，是当时人们重阳登高的节日。

诗词AB面
SHICI AB MIAN

唐朝5A级景区

乐游原是唐朝文人雅士喜欢去的景点，李白、杜牧、李商隐都曾写过此地。李商隐的《乐游原》：“向晚意不适，驱车登古原。夕阳无限好，只是近黄昏。”更是让此地闻名于世。实际上，乐游原指的是位于西安市南郊大雁塔东北部、曲江池北面的黄土台塬。

乐游原地势高耸，登原远眺，四望宽敞，京城之内，俯视如掌。同时，它与南面的曲江芙蓉园和西南的大雁塔相距不远，眺望如在近前，景色十分宜人。因此，都人来此游赏者络绎不绝。尤其是“每三月上巳、九月重阳，仕女游戏，就此祓禊登高，幄幕云布，车马填塞”。

诗词小真相
SHICI XIAOZHENXIANG

舍尔其谁

《忆秦娥·箫声咽》可以说是唐五代知名度最高的词作之一，被称为“百代词曲之祖”，在文学史和词史上都具有重要的地位。但是，关于《忆秦娥·箫声咽》也有很多谜底尚未揭开。历朝历代对这首词的真伪、主题及审美评价等，都存在着分歧。尤其是这首词的作者，究竟是不是李白，引起了许多关注。

许多专家学者认为此词是李白所作。原因如下：一是《忆秦娥》的句型与《三五七言诗》非常接近，可以说，《忆秦娥》是李白对《三五七言诗》的一个继承和发展。二是宋朝的邵博在《邵氏闻见后录》中，称其为李白之作，黄升的《唐宋诸贤绝妙词选》，以及后世的诸多词选都将该词纳入李白名下。三是格局之大、词境之高，似太白语。

也有人提出反对意见，认为词出现于中唐，而非盛唐。这首词只是一首无名氏之作。

依稀记得读大学时，古代文学老师解析到这首诗，也提过这个问题。先生曾说，严格意义上来讲，这首词并无准确的来源记载，是不是真的是李白的词作，尚无定论。但能写出这样精彩的词作，除了李白这样的天才，还能有谁呢？

舍尔其谁？舍尔其谁！

知识小问答

“咸阳古道音尘绝”的“音尘”是指？（　）

A. 消息　B. 车行走时发出的声音和扬起的尘土　C. 声音消逝

黄巢，曹州冤句（今山东菏泽西南）人，唐末农民起义领袖。

不第后赋菊

［唐］黄巢

待到秋来九月八[1]，我花开后百花杀[2]。
冲天香阵透长安，满城尽带黄金甲[3]。

解读赏析
JIEDU SHANGXI

“激情型人格的呼唤。”

不管是这首诗或是黄巢日后的行径，都可以看出他是一个激情型人格，精力充沛，性格狂热，冲动澎湃。

虽然是“不第后赋菊”，全诗却没有“不第”的失落与狼狈，反而激情昂扬。首句“待到秋来九月八”，一个“待到”单刀直入，势如破竹，有种等待已久而蓄势待发的凌厉与激越，热情喷薄而来，呼唤风暴的情绪呼之欲出。

次句“我花开后百花杀”，更是气势汹汹。表面上是写菊花与众不同，逆着潮流，迎寒独开，生命旺盛。实际上是写诗人“我”的一种乐观自信，志在必得。一旦“我”卷起风暴，势必如龙卷风般席卷整个王朝，而这些现在的虚假表面便会土崩瓦解。

第三句“冲天香阵透长安”，把菊花的清香写成“冲天香阵”，多么盛大，多么浓烈激昂。一个“透”字写出了覆盖面之广、覆盖程度之深。这句诗充满着欢欣鼓舞的进取精神。

第四句“满城尽带黄金甲”，表面是说长安铺满了菊花，实际上是说黄巢的“黄金甲”占领和主宰整个长安城。这两句都表达出了对未来的一种自信的期望和美好的憧憬。

这首咏物诗借物言志，气势刚劲凌厉。言语之间，我们读到的不是一个“不第”的落魄文人，而是一个身披甲胄、手擎长剑、气冲霄汉的人杰。

①九月八：九月九日为重阳节，有登高赏菊的风俗，说“九月八”是为了押韵。
②杀：草木枯萎。③黄金甲：指金黄色铠甲般的菊花。

诗词AB面 SHICI AB MIAN

十五红灯笼高高挂

据传，黄巢攻打浑城时久攻不下，后黄巢秘密入城打探遇险，被一个老人所救。老人还告诉黄巢如何攻城。黄巢便提醒老人：“正月十五扎个红灯笼挂在房檐上。”黄巢走后，老人把消息传给邻居，一传十，十传百，不久全城贫苦百姓都知道了，家家买红纸扎灯笼。到了正月十五晚上，黄巢带着五千精兵，按老人所指的路悄悄入城，一声号炮，内外夹攻，很快攻破城门。这时黄巢下令，凡是挂红灯笼的大门，起义军一律不入。不挂红灯笼的，起义军便冲进去抓赃官老财，只一宿就把贪官污吏、土豪劣绅杀光了。

黄巢开仓分粮，给那位老人送去二百两银子 。自那以后，正月十五挂红灯笼这个习俗便流传下来。

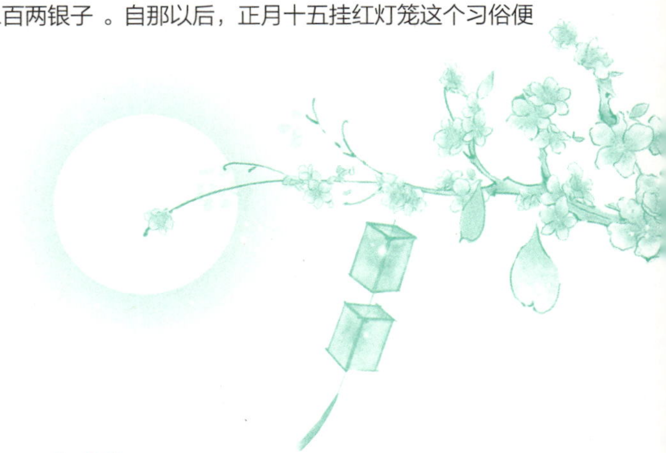

名人万花筒 MINGREN WANHUATONG

巨寇黄巢

如何评价黄巢？有人云，“一分文士，二分商人，三分豪杰，四分暴徒”，实在是准确至极，他以一种奇特的方式，既流芳百世，又遗臭万年。

黄巢出身盐商，家庭富足，少有诗才，七八岁时便写下“他年我若为青帝，报与桃花一处开”的抱负。黄巢所处的唐末，是一个乱世，朝廷腐败无能，反唐大潮汹涌澎湃，黄巢顺势而行，响应王仙芝为首的穷苦百姓发动农民起义，率领数万起义军，气势如虹，数月之间便攻入长安。

不破不立，旧秩序不毁，新秩序难立。黄巢成了大唐的掘墓人，他本该也是一位乱世草莽英雄，名垂青史，然而史书对他的评价却是“巢贼”“巨寇”“盗匪”“亹茸微人，萑蒲贱类”等大同小异的贬义词。这不仅仅是因为黄巢起义最终以失败告终，更是他在起义过程中目光狭隘，沉迷酒色，残暴至极，无治国理政之才能，且吃人、屠城、掘坟等行径令人发指。比起刘邦、朱元璋之类成功的起义领袖，黄巢其格局、其境界差距明显。

黄巢作为晚唐农民起义军的领袖，虽推翻了唐朝腐朽的统治，结束了当时黑暗的政治局面，为建立新秩序奠定了基础，但他揭竿而起是一种生理本能，而非思想觉悟。虽说是时势造英雄，但若这个人没有“英雄”的见识、气魄和胸襟，空有“英雄”的气力，他也不过是“巨寇”。

知识小问答

下列属于唐末著名的农民起义是？（　）

A. 王仙芝起义　B. 长白山起义　C. 西原人民起义

李清照，号易安居士，宋代杰出女词人，提出词“别是一家”的理论。

醉花阴

［宋］李清照

薄雾浓云愁永昼，瑞脑[1]消金兽[2]。佳节又重阳，玉枕纱厨，半夜凉初透。
东篱把酒黄昏后，有暗香盈袖。莫道不消魂[3]，帘卷西风，人比黄花瘦。

解读赏析 JIEDU SHANGXI

“春恨初平秋恨生。”

这是李清照写给身在他乡的丈夫赵明诚的一首倾诉相思的词，相思愁苦，淡淡泄出，浓浓散开。哀而不伤，思愁之外还有一种“秀恩爱”的小美好。

首句“薄雾浓云”看似写环境，实则写词人内心被忧愁所环绕。这愁能有几多深？是无日无夜无时无刻，永无止尽。“瑞脑消金兽”刻画了宋时士大夫家庭的生活场景。此时时间仿佛有了质感，像烟雾一样缓缓袅袅，弥漫散开。我们可以从中读到词人的无聊与愁苦，百般聊赖。

“佳节又重阳，玉枕纱厨，半夜凉初透。”佳节来临，此时不是欢欣雀跃，反而我们似乎可以体味到词人对佳节到来有着埋怨之意。毕竟，“每逢佳节倍思亲”。佳节之日，只不过是加剧了她的愁闷心情。

“东篱把酒黄昏后，有暗香盈袖。”“把酒黄昏后”有一种百无聊赖的状态，仿佛可以看到词人借酒浇愁、玩弄酒杯、无处遣愁的姿态。不管是“东篱把酒”还是“暗香盈袖”都写出了女子的生活格调。

最后一句“莫道不消魂，帘卷西风，人比黄花瘦”历来为人所称道。词人用一种女子的反问“莫道不消魂”来表达女子此时的嗔娇和埋怨。最后把人和黄花相比，两者风马牛不相及却又巧妙万分，让人读出了“人不如菊”“人渐消瘦”“人愁难解”的味道。

这首词虽然篇幅短小，但是以女性视角，细腻贴切，情韵丰富，是婉约词的代表。

①瑞脑：一种熏香名。又称龙脑，即冰片。
②金兽：兽形的铜香炉。③消魂：形容极度忧愁、悲伤。消：一作“销”。

诗词AB面
SHICI AB MIAN

济南二安

山不在高，有仙则名。一个地方，若能有一两个名人，也会给当地增添不少亮色。“济南二安”便是济南浓墨重彩的一笔。

济南二安指的是李清照(号易安居士)和辛弃疾(字幼安)，两人是宋代词坛“婉约派”与“豪放派”的代表人物，也都是济南人。清代神韵派大师王士禛便称两人为“济南二安”。王士禛云：“婉约以易安为宗，豪放为幼安称首，皆吾济南人，难乎为继矣。”（《花草蒙拾》）

齐鲁文化源远流长，是儒家文化的重要发源地，也是中华传统文化的重要组成部分，具有很强的包容性和继承性。以“济南二安”为代表的齐鲁词人，深受齐鲁文化治世进取思想的影响，词作中有一股天然的豪情壮志。在幼安词中显露出来的是豪气云天，在易安居士词中是“丈夫气”。

名人万花筒
MINGREN WANHUATONG

李清照的污点？不，亮点

李清照改嫁事件历来争议颇多，许多文人甚至难以忍受，认为这是李清照的“污点”，试图抹灭这段历史。然而，笔者看来，她是一个敢于追求幸福的人，一个敢于冲破传统封建枷锁追求自我的人。

战乱加之赵明诚的逝世给李清照以致命的打击，李清照希望晚年能有所依靠。于是被媒人“如簧之说”和“似锦之言”所迷惑，再嫁了张汝舟。而张汝舟本身也只是觊觎李清照手中的金石书画藏品。婚后，李清照发现张汝舟的市侩欺诈狡猾的真实面目，而张汝舟发现李清照手中藏品已剩不多并且不愿给其，便对李大打出手。李清照难以忍受，便检举告发张汝舟伪造官职。按照宋代刑法，妻子告发丈夫，即使属实，也要判处徒刑两年。李清照也因此入狱，后被翰林学士綦崇礼相助才免于牢狱之灾。

李清照的事情在当时所处的上流社会引起了巨波，被世人所议。封建社会对于自我意识觉醒的女性包容程度较低。若放在当今社会，李清照不就是一个敢于发声、敢于反抗、敢于追求幸福和自由的新时代女性吗？面对不幸的婚姻，即使入狱也义无反顾，这种决绝的态度，放在今天都要忍不住点个赞。

知识小问答

“东篱把酒黄昏后”中的“东篱”是指？（　）

A. 隐居之地　B. 院子的东边篱笆下　C. 采菊之地，菊花盛开之地李郢，字楚望，长安（今陕西西安）人。唐代诗人。

早发[①]

［唐］李郢

野店[②]星河在，行人道路长。
孤灯怜宿处，斜月厌新装。
草色多寒露，虫声似故乡。
清秋无限恨，残菊过重阳。

解读赏析
JIEDU SHANGXI

“耿耿星河，踽踽独行。”

这首不算李郢的名作，但是风格清丽，别具风采。

首联“野店星河在，行人道路长。”写的是情境。山林静夜，耿耿星河，孤灯一盏，行人寥寥，长路漫漫。此情此景，诗人的萧索孤寂之感油然而生。

颔联“孤灯怜宿处，斜月厌新装。”写的是心境。“怜”“厌”都是将孤灯和斜月拟人化了。清冷之路本无人相伴，诗人以有情之笔去描写景物，使感情附着于景物，景物浸染上感情，景生情，情生景，故将孤灯和冷月着“我”之色，让它们来表达“我”此时孤独寂寞的心情和处境。情景交融，浑然无隔。

颈联“草色多寒露，虫声似故乡。”写的是环境。虽然写的是环境，但“一切景语皆情语”，写景就是为了抒情。这句诗中的“草色”“寒露”“虫声”等景，都是为烘托气氛、抒发诗人清冷孤独的心境。诗人在诗中借助客观景物的描写来抒发自己的主观感情，移情于物，融情于景，把羁旅思乡之情写得不动声色又入木三分。

尾联“清秋无限恨，残菊过重阳。”写的是意境。这一联也是点题，表达了诗人难以言喻的清肃感伤，使得全诗充斥着一种沧桑、孤独、飘零的感伤气息。

全诗诗调美丽、回归大雅，具有李郢独特的诗歌风采。

①早发：清晨出发。
②野店：村旅舍。

诗词AB面
SHICI AB MIAN

重阳节的别称

农历九月初九的重阳节是中国传统节日，起源于汉代，有登高、佩茱萸，食蓬饵、饮菊花酒等习俗，历来受到百姓的重视。重阳节有多种别称。

1.重九节。《易经》中把“六”定为阴数，把“九”定为阳数，九月九日，两九相重，故而叫重阳，也叫重九节。

2.踏秋。重阳又称“踏秋”，与三月三日“踏春”相对应。

3.女儿节。若有女子新出嫁，娘家必赠送重阳旗与时鲜盒，称为送“重阳节盒”。古代每逢重阳节，父母都要把出嫁的女儿接回来团聚，称之为过女儿节，实质上也是让妇女休息之意。

4.登高节。重阳最重要的节日活动之一，即是登高。登高所到之处，没有统一的规定，一般是登高山、登高塔。

5.茱萸节。茱萸是重阳节的重要标志。民间认为九月初九也是逢凶之日，多灾多难，所以在重阳节人们喜欢佩戴茱萸以辟邪求吉。茱萸因此还被人们称为“辟邪翁”。

6.老人节。在民俗观念中，九九重阳，因为与“久久”同音，包含有生命长久、健康长寿的寓意，故而重阳节又有“老人节”之说。

名人万花筒
MINGREN WANHUATONG

易求无价宝，难得有情郎

鱼玄机原名幼薇，字慧兰。唐代著名的女诗人。她自幼喜欢思考，热爱读书，少有诗名，然而家境贫寒、情路凄凉，可谓红颜薄命。

李郢温文尔雅，腹有诗书气自华。两人当时同住长安，而且是邻里之交。两人都颇有诗名，诗艺切磋，常有来往。

鱼玄机经历一次失败的婚姻后，曾转意爱上李郢。这在鱼玄机的《闻李端公垂钓回寄赠》和《酬李郢夏日钓鱼回见示》，都可以看得出来。鱼玄机感叹“自惭不及鸳鸯侣，犹得双双近钓矶”。用意明显，情感热烈，言辞大胆直白。可惜，鱼玄机再次选错了人。

面对鱼玄机的告白，李郢无动于衷。此时的李郢已经47岁了，已有妻室，而且伉俪情深。他多次在诗中写到自己对妻子的感情。如，李郢《为妻作生日寄意》中的“鸳鸯交颈期千岁，琴瑟谐和愿百年”。情真意切，恩爱圆满。于是李郢写下《江边柳》：“东风晴色挂阑干，眉叶初晴畏晓寒。江上别筵终日有，绿条春在长应难。”委婉地谢绝了鱼玄机的一番情思。

此时的鱼玄机，好不容易遇到了有情郎，却不是对她有情，唏嘘万分。不过也倒是一桩佳话。

知识小问答

李郢与以下哪位唐代诗人同时代？（ ）

A. 李白　B. 李商隐　C. 张若虚

欧阳修，字永叔，号醉翁，晚号六一居士，北宋政治家、文学家，唐宋八大家之一。

渔家傲·九日欢游何处好

［宋］欧阳修

九日欢游何处好。黄花万蕊雕阑绕。通体清香无俗调。
天气好。烟滋露结功多少。
日脚[①]清寒高下照。宝钉密缀圆斜小。落叶西园[②]风袅袅。
催秋老。丛边莫厌金尊[③]倒。

解读赏析

JIEDU SHANGXI

“一杯清酒敬秋风。”

上阕中词人在首句即说，这几天的欢乐游玩哪里是最令人满意的呢？应该就是那有精美雕刻的阑干之处，黄花盛开，生机无限。这些娇艳的黄花通身上下充满清香的气息，没有一丝俗气的样子。看着如此美景，词人感慨今天天气如此之好，可以看到烟雾升起，露珠凝结，构成一番奇妙的景象。词人在景物中融入了自己对于秋天的感情，同时承接了下阕。

词人在下阕里，从太阳穿过云隙射下来的光线写起，日光清冷，带着些许寒意，从高处照射下来。花园中镶嵌着宝石的钉子密密地点缀在挂饰之上，在阳光的照射之下，发出了点点星光。秋风袅袅，落叶纷纷，曾经在西园里的沧海桑田，如今却随着时间一去不复返。秋风催人老，面对如此萧索的秋景，词人举杯消愁，醉酒而卧，杯盘狼藉，连酒壶都掉到了花丛边。词人从秋景写到秋思，最后所有的情绪都放在了倒掉的酒杯之中。

①日脚：太阳穿过云隙射下来的光线。
②西园：安徽黟县古民居中的一所较为典型的园林式建筑。③尊：通“樽”，酒杯。

诗词AB面
SHICI AB MIAN

阑干是什么

阑干在古诗词中有丰富的含义。在三国曹植《善哉行》中：“月没参横，北斗阑干。”指的是北斗横斜的样子。而在明朝杨基《岳阳楼》诗中：“春色醉巴陵，阑干落洞庭。”则是借指北斗。在白居易《长恨歌》“容寂寞泪阑，梨花枝春带”中，则是指交错杂乱的样子。在李白《清平调词》之三“解释春风无限恨，沉香亭北倚阑干”中，则是表示设于亭台楼阁或路边、水边等处作遮拦用。有时，阑干还表示眼眶的意思，如宋代毛滂的《惜分飞》词：“泪湿阑干花著露，愁到眉峰碧聚。”

欧阳修的《渔家傲》

欧阳修是宋代著名的词人和散文家，他的作品摒弃了花间派的脂粉气，更多体现了自己清新隽永的风格。欧阳修创作了两组《渔家傲》联章体节令鼓子词共24首，这些词作的内容涉及多个岁时民俗节日，有人日、元宵、上巳、清明、端午、七夕、中秋、重阳以及冬至等传统节日。词作内涵丰富，对研究宋代民俗文化具有很高的参考价值。

诗词小真相
SHICI XIAOZHENXIANG

欧阳修词中“楼”的意象

在欧阳修的作品中，“楼”这个意象出现了很多次，究其原因，与他所处的时代背景有关系。首先，宋代楼台建筑繁盛，社会环境给欧阳修以创作的灵感；其次，园林建筑盛行，楼台是园林建筑的重要组成部分，选择楼台的意象，有利于意境的营造。再次，则是时代背景的催化，宋代的士大夫文人没有驰骋沙场建功立业的机会，只能在歌楼瓦舍之间、亭台楼阁之中，书写内心的情感。最后还有一个楼台本身的特点。楼高于平地，视觉在此得到舒展，无论是仰观还是俯视，都得以让思绪有一个抒发的空间。

欧阳修笔下的楼大致可以分为两种，一种是“香艳”之楼，一种是“忧思”之楼。这两种不同特点的楼的意象，均与作者的情感有关。香艳之楼是指欧阳修在描绘这些楼的时候运用了类似于“画”“红”“玉”“香”等华丽艳丽的字眼，勾勒出精巧华丽的亭台楼阁，表现出富贵之象。而忧思之楼则主要用“高”“危”等字眼来形容，通常在词中抒发的是忧思之情。

知识小问答

六一居士欧阳修在《醉翁亭记》中所写的醉翁亭在今天的哪个省份？（ ）

A. 江西省　B. 浙江省　C. 安徽省

常建，唐代诗人，字号不详。一生沦落失意，耿介自守，交友无显贵。

泊舟盱眙①

［唐］常建

泊舟淮水②次，霜降夕流清。夜久潮侵岸，天寒月近城。
平沙依雁宿，候馆③听鸡鸣。乡国云霄外，谁堪羁旅情。

解读赏析
JIEDU SHANGXI

“离家万里，思乡情切。”

这是一首羁旅思乡之作。诗人行舟到达盱眙，夜幕降临，便把船停靠在淮河水边。霜降时节，天气渐冷，诗人羁旅在外，不免更添凉意。长夜漫漫，潮水高涨，不断侵蚀着江岸。空旷的夜，只有一轮皎洁的明月高悬，从低处往上望去，仿佛与高楼十分接近。

实际上月亮并非真的靠近高处的楼台，而是月圆之时，月亮周身月晕明显，月亮看起来比平时大了许多。再加上诗人思家心切，恨不能乘着月光而回，因此觉得“月近”。

诗人把船停在岸边，找到一家驿馆住下。他推开窗户，看到江边有平缓的沙地，沙地上大雁栖息，在这清冷的月夜，显得格外静谧。诗人甚至可以听到远处鸡鸣的声音。随着鸡鸣之声，诗人的思绪飘到了九霄云外，飘到千里之遥的故乡。古代通信困难，讯息阻隔，任谁都不能够承受这种羁旅之情。

①盱（xū）眙（yí）：县名，在今江苏。
②淮水：也作睢（suī）水。指淮河。③候馆：驿馆。

诗词AB面

SHICI AB MIAN

鸡鸣而起

鸡鸣除了有表示天亮之前鸡叫的意思之外，还有身逢乱世当及时奋起之意，与此相关的便是晋代祖逖闻鸡起舞的故事。

祖逖是个为人正直、具有远大抱负的人。他在青年时期，勤学苦读，博览群书，才华得以提升，立志建功立业，复兴晋国，成为国家的栋梁之才。后来，祖逖和幼时的好友刘琨一起担任司州主簿。他与刘琨感情深厚，常常同床而卧、同被而眠。

有一次，半夜里祖逖在睡梦中听到公鸡的鸣叫声，他叫醒刘琨说："你听见鸡叫了吗？"刘琨说："半夜听见鸡叫不吉利。"祖逖并不这样认为，他提议以后听见鸡叫就起床练剑。刘琨答应了，于是他们每天只要听到鸡叫就起床练剑。功夫不负有心人，经过长期的刻苦学习和训练，他们终于成为能文能武的全才，实现了他们报效祖国的愿望。

名人万花筒

MINGREN WANHUATONG

常建：以隐求仕终不能

常建是唐朝诗人，在开元十五年与王昌龄成为同榜进士。他的一生，如同大多不如意的诗人一般，仕途失意，便寄情于山水名胜，很长时期过着漫游的生活。他曾在大历中担任盱眙尉，后来罢官离任，移家隐居鄂渚。

刚开始打算隐居的时候，常建企图走唐朝盛行的"终南捷径"，以隐求仕，无奈希望破灭，他才终于下定决心，远离宦海。常建晚年倾心于道教，诚心在太白西山隐居修行，不再向往人间的纷争，最终卒于隐居处。

常建的诗以写田园山水为主，风格接近王维、孟浩然一派山水田园派诗人，语言精妙，意境超远。这类诗作经常表现出"淡泊"的襟怀，而他内心里对理想的追求则表现在他的边塞诗中。

唐太宗李世民号称"文治武功"达到极致，而在他的倡导下，唐朝上下形成了一种尚武的风气，而边塞诗人在这种风气下，多歌咏边塞英雄主义，表现出雄浑豪迈的气概。常建的边塞诗不同于岑参、高适他们所表现的豪迈雄壮，更多的是体现出悲苦的一面。

知识小问答

与常建曾经效法的"终南捷径"相关的人物是谁？（ ）

A. 王维　B. 卢藏　C. 李白

白居易，字乐天，号香山居士，与元稹并称“元白”，有《白氏长庆集》传世。

岁晚

［唐］白居易

霜降水返壑①，风落木归山。
冉冉②岁将宴，物皆复本源。
何此南迁客，五年独未还。
命屯分已定，日久心弥③安。
亦尝心与口，静念私自言。
去国固非乐，归乡未必欢。
何须自生苦，舍易求其难。

解读赏析 JIEDU SHANGXI

“吾心安处，即是吾乡。”

霜降之日，地上露霜茫茫，霜化为水，再次回到沟壑之中，完成自然界的物理循环。秋风萧瑟，吹起落叶纷纷，最终还是回归大地，成为下一次新生的养分。时光流逝，年岁将末，世间万物似乎都有一个轮回，而到了事物发展的尽头，就会再次回归本源。接着诗人叙述了自己的遭遇，我是一个南迁的客人，离家五载都没有回去过。命运的道路似乎已经都安排好了，我只跟着既定的方向往前走，日子一久，心中越来越感到安定。

诗人也曾经听从自己内心的呼唤，安静地诉说自己的想法。离开权力中心本不是开心的事情，但是诗人能够自我宽慰，告诉自己离开朝廷固然并非是自己所希望的事情，但是，回到故乡，从另一个角度想，也是一件乐事。最后，诗人还表示，做人何必思虑过多，徒生烦恼？何必舍弃简单的事情，而去追求难的事情？

①壑：坑谷，深沟。
②冉冉：慢慢地，渐进地。③弥：满。

诗词AB面
SHICI AB MIAN

霜降三候

霜降是秋季的最后一个节气，意味着冬天即将开始。霜降节气的三候则是，一候豺乃祭寿，二候草木黄落，三候蛰虫咸伏。意思是在霜降到来之时，豺狼会准备过冬的粮食，并将捕猎到的食物像祭祀时那样摆开；过了五天之后，草木枯黄，树叶凋零，一片肃杀之气。再过五日，冬天的气息越来越浓，昆虫开始都藏进洞里，蛰伏起来。等待来年春暖花开，再次苏醒。

霜降节气的习俗

在闽南有一句谚语，叫作“一年补通通，不如补霜降”，意思是说，在霜降的这一天进食补品是最有效的，在北方也称为“贴秋膘”。除了进补之外，人们在霜降这一天还会登高赏菊，因此有“霜打菊花开”之说。在山东地区，有句农谚“处暑高粱，白露谷，霜降到了拔萝卜”，因此山东人在霜降时喜食萝卜。而广西玉林，则喜欢在霜降之日吃牛肉。

名人万花筒
MINGREN WANHUATONG

白居易：古人也有买房难的问题

白居易于贞元十六年考中进士，贞元十九年被授予秘书省校书郎的官职，我们之前说过，白居易当时运气不错，一入仕途就碰上了涨工资的大潮，因此他领到了每月一万六千文的月薪，这在当时，已经是属于高薪水平了。但是即使是这样的工资也还买不起房子，因此，白居易只能在离京城比较远的东城根儿一个叫常乐里的地方租房子住。

等到了白居易33岁的时候，他已经当两年校书郎了，他想把母亲和弟弟从安徽接到长安住。但是常乐里这个地方太小了，只能想办法买一套大一点的房子。但是按照白居易当时的收入和积蓄，在长安买房子是不可能的，因此他只能在郊区买房，于是他就跑到陕西渭南的农村，买了一所房子。为了通勤方便，白居易还是住在租的常乐里，母亲和弟弟住在渭南新家，自己则在休假时回去探望。

后来，随着白居易官职升迁，俸禄增加，他有了在京城买房的实力，于是就买下了在新昌坊的房子，约占地十亩，后来又在东都洛阳履道里买了一套，据说当时钱不够，还用两匹马偿还。

知识小问答

以下哪一句是描绘白居易的文章风格？ （ ）

A. 文章合为时而著 B. 诗中有画 C. 无韵之离骚

苏轼，字子瞻，号东坡居士，眉州眉山人，北宋著名词人、书法家。

南乡子·重九涵辉楼呈徐君猷

［宋］苏轼

霜降水痕收①，浅碧鳞鳞②露远洲。
酒力渐消风力软，飕飕，破帽多情却恋头。
佳节若为酬③，但把清尊断送秋。
万事到头都是梦，休休④，明日黄花蝶也愁。

解读赏析 JIEDU SHANGXI

“悟已往之不谏，知来者之可追。”

这首词是苏轼贬谪黄州期间，参加黄州知州徐君猷（yóu）在涵辉楼举办的宴会时所作。上阕开篇写景，霜降过后，长江水位下降，远处的江中有一些沙洲露了出来，从涵辉楼上望去，在月光的映照下，江面波光粼粼，仿佛跳动着的音符。景色如此动人，词人却带着挥不去的惆怅。

他站在高楼，吹着冷风，酒力渐渐散去，忽而听到风声飕飕，感觉秋意渐浓。他害怕自己戴的这顶破帽子要被吹走了，结果帽子“多情”，恋着自己的头，舍不得离开。

下阕词人开始抒情，他先自问自答，重阳佳节要如何应对呢？也许喝着清酒就足够了，任秋风萧瑟，越过季节的变化。面对如此之境，词人接着发出了“万事到头都是梦”的感慨，人生就像一场悠长悠长的梦境，梦醒时分，得失之间，喟然无言。“休休”二字，如同惊堂木，将词人惊醒，不要再提往事，往事不可回首。明天过后，黄花凋残，面对此情此景，纵使蝴蝶也心生忧愁。词人在此抒发了在逆境中乐观豁达但又略带惆怅忧愁的矛盾之情。

①水痕收：指水位降低。②鳞鳞：形容水波如鱼鳞一般。
③若为酬：怎样应付过去。④休休：不要。此处指不要再提往事。

诗词AB面

SHICI AB MIAN

霜降时柿子树被封侯是怎么回事

朱元璋小时候家里非常穷，经常没饭吃，他只好出去当乞丐，四处讨饭。有一年霜降节，已经两天没饭吃的朱元璋饿得两眼发黑、手脚发软。不过当他走到一个小村庄时，惊喜地发现那里长着一棵柿子树，上面结满了红彤彤的柿子。朱元璋一见高兴坏了，于是，使出浑身力气爬到树上，摘了一堆柿子来吃，这才保住了小命。

后来，朱元璋当了皇帝，有一年霜降节领兵再次路过那个小村庄，发现那棵柿子树还在，上面依然挂满了红彤彤的柿子。朱元璋感慨万千，想到正是这棵柿子树当初救了自己。于是，他脱下自己的红色战袍，亲自爬上树去把战袍披在柿子树上，并下令封这棵树为“凌霜侯”。这个故事流传开来后，就逐渐形成了霜降吃柿子的习俗。而且据说在霜降节气吃了柿子，接下来一整个冬天都不会流鼻涕，也不会裂嘴唇。

诗词小真相

SHICI XIAOZHENXIANG

孟嘉落帽是什么典故

孟嘉是东晋时期著名的才子，为人谦逊正直、气度不凡，中书令庾亮和征西大将军桓温都很器重他，先后任命他为从事和参军。有一年九九重阳节的时候，桓温带着属下和一些官员游览龙山，登高望远，赏菊宴饮，好不痛快。

当时大小官员都身穿戎装，山上秋风凉爽，菊香四溢，突然一阵风吹来，居然把孟嘉的帽子吹落了，但是孟嘉一点都没发觉，仍然举杯畅饮。桓温看到此场景，用眼神告诫大家不要声张，他要看看孟嘉是什么反应。结果孟嘉跟大家畅谈许久，浑然不知帽子掉落。后来，孟嘉起身去上厕所，桓温就让人把帽子捡起来放回他的座位去，然后让咨议参军孙盛写文章嘲笑孟嘉，说他落帽而不自知，失了礼节，并把文章压在帽子底下。

孟嘉上完厕所回到座位上，才发现自己的帽子早就掉了，于是他面不改色地戴好帽子，戴好帽子之后，发现了这篇嘲笑他的文章，便也取来纸笔，一气呵成地写出一篇文采斐然的应答之作，来为自己做一个辩护。桓温和在座的人争相传阅了他的这篇文章，连连称赞。孟嘉在宴饮时帽子掉落而依然风度翩翩，当人们嘲笑他时，又能从容应对，使人叹服。后人就用“孟嘉落帽”来赞扬人的气度宽宏、风流倜傥、潇洒儒雅。

知识小问答

苏轼因为什么被贬黄州？（ ）

A. 越职进谏　B. 出言不逊　C. 乌台诗案

本章知识小问答答案

第 87 页　正确答案：B.《淮南子》

第 89 页　正确答案：A. 白居易

第 91 页　正确答案：A.《秋声赋》

第 93 页　正确答案：B.《无家别》

第 95 页　正确答案：C. 无题诗

第 97 页　正确答案：C. 古文运动

第 99 页　正确答案：B. 韩孟诗派

第 101 页　正确答案：C. 独行潭底影，数息树边身

第 103 页　正确答案：C. 苏轼

第 105 页　正确答案：A. 寰宇

第 107 页　正确答案：A. 张耒

第 109 页　正确答案：B. 稼轩体

第 111 页　正确答案：B. 车行走时发出的声音和扬起的尘土

第 113 页　正确答案：A. 王仙芝起义

第 115 页　正确答案：C. 采菊之地，菊花盛开之地

第 117 页　正确答案：B. 李商隐

第 119 页　正确答案：C. 安徽省

第 121 页　正确答案：B. 卢藏

第 123 页　正确答案：A. 文章合为时而著

第 125 页　正确答案：C. 乌台诗案

严冬篇

YANDONGPIAN

冬日是饮酒的季节。『晚来天欲雪，能饮一杯无？』虽是寒冬，可在红泥火炉的炉火下，这冬也不是那么冷了。冬日又是希望的季节，『冬至阳生春又来』，不要怕冷，暖春已经在路上。

李白，字太白，号青莲居士，又号“谪仙人”，唐代伟大的浪漫主义诗人。

立冬

［唐］李白

冻笔新诗懒写，寒炉美酒时温。
醉看墨花[1]月白，恍疑雪满前村。

解读赏析
JIEDU SHANGXI

“月光如雪，墨笔生花。”

凛冬已至，寒风料峭。

李白在一个立冬之夜写下此诗。

天气严寒，人也变得慵懒。冬，终也，万物收藏也。所谓收藏，正是作物要收藏入库，动物要藏起来冬眠，而人的懒倦也是理所应当。“寒炉美酒时温”，冬天的夜晚，身旁的寒炉上坐着热酒，带着一身暖意，使寒冷的冬夜多了一份醇香与温暖。严寒懒身，热酒倦心，“冻笔新诗欲写”一句描写李白新诗已得后起身拾笔欲写，却没想到逼人的寒气已将冷冷的墨汁冻住无法书写，将冬夜不尽的严寒凝聚在墨笔端的一点。

诗的前两句写立冬之寒，却没有直接对寒冷的环境进行描写，而是用被冻住的墨笔砚台写寒，火炉上热气袅袅的美酒又写寒中之暖，立冬之时室内的温馨与闲适之感已悄然而生。

三杯两盏热酒下肚，身心兼暖，人也有了些许醉意。醉眼蒙眬中，墨笔仿佛生花，在圈圈墨渍中绽放。抬眼望去，月光素皑，皎洁如水，洋洋洒洒满地。恍惚间惊起，疑是窗外，雪满前村。

《立冬》一诗以暖写寒，再以寒写暖，最后的“醉看”二句虚实结合，究竟是月光融融如雪，还是白雪素洁似那月光？短短二十四字，惬意与诗情已在字里行间蔓延。

①墨花：指砚石上的墨渍花纹。

诗词AB面

SHICI AB MIAN

冻不住的是诗意

冻笔，意为因寒冷而冻结的毛笔。作为一个描写天气严寒的意象，“冻笔”曾出现在多篇诗词中。朱长文的《喜雪上太守》中就有“细入吟窗粘冻笔，轻随舞袖落花茵”一句；宋时的文人似乎偏爱用“冻笔”来写严寒，楼钥的“起呵冻笔寻诗筒”，李新的“冻笔不妨寒著书”，杨万里的“冷窗冻笔更成眠”……直到明朝，詹同“墨池水冻笔如槊”，顾清“便拟续貂嘘冻笔”等，还在用“冻笔”这个意象描写温度之低、天气之寒。

诗仙笔下的“风花雪月”

“春有百花秋有月，夏有凉风冬有雪”，风、花、雪、月是古典文学作品中描写自然景物极为常见的四种对象。所谓“以我观物，故物皆著我之色彩”，诗仙李白眼中的“风花雪月”也与常情不尽相同。《梦游天姥吟留别》中道，“霓为衣兮风为马”，以风为乘骑，纵使是梦境与想象也显得浪漫非凡、气象万千；李白写花，在《清平调》三首中有“云想衣裳花想容”“一枝红艳露凝香”等佳句；《侠客行》中，“吴钩霜月明”一句中的雪挟卷着十步杀一人的侠气翻涌而来；李白写月，《静夜思》便是其中的经典之作。写月色之美的“峨眉山月半轮秋”，更是意境空灵，自然入妙。

名人万花筒

MINGREN WANHUATONG

酒意诗情谁与共

写酒入诗，在诗词作中不在少数，而喜爱饮酒并以此为乐的文人更是不胜枚举。“惟酒可忘忧”的苏东坡，“对酒当歌”的曹操与柳永，“东篱把酒”的李清照，还有“醉翁之意不在酒”的欧阳修……但若论酒中仙人，当之无愧的仍是李白。

李白的一生，潇洒不羁，放荡形骸之外，却终究命运坎坷，身不由己。李白爱酒，是命运的必然。

李白爱喝酒，更爱写酒。郭沫若生前曾做过统计，在李白流传下的1500首诗作中，有170首写酒。杜甫在《饮中八仙》里也写：“李白斗酒诗百篇，长安市上酒家眠。天子呼来不上船，自称臣是酒中仙。”其爱酒程度可见一斑。

李白有“辅弼天下”的壮志，只是做官的愿望终难实现。人生在世不如意，酒也就成了消愁旺胆、畅怀抒情的载体了。李白的酒可言志，“金樽清酒斗十千”是他对终有一天自己的抱负可以得以施展的期盼与乐观；李白的酒可遣愁，“举杯消愁愁更愁”寄托的是深深的忧伤与无奈；李白的酒可言寂寞，“花间一壶酒，独酌无相亲”是酒与明月的孤独；李白的酒更可抒怀，“古来圣贤皆寂寞，惟有饮者留其名”是何等的潇洒与狂放！

现如今的“唐名贤李太白之墓”，周围仍摆放着前来怀念的人所带来的酒。

此去经年，仍愿呼儿将出换美酒，与尔同销万古愁。

知识小问答

李白“谪仙人”的名号是其哪个朋友所取的？（ ）

A. 杜甫　B. 汪伦　C. 贺知章

陆龟蒙，唐代文学家、农学家，字鲁望，号天随子，与皮日休为友。

小雪后书事

［唐］陆龟蒙

时候[1]频过小雪天，江南寒色未曾偏。
枫汀尚忆逢人别，麦陇[2]唯应欠雉眠。
更拟结茅[3]临水次，偶因行药到村前。
邻翁意绪相安慰，多说明年是稔年[4]。

解读赏析 JIEDU SHANGXI

“应是瑞雪兆丰年。”

《唐诗评选》中评价此诗：“妍骨天成，触物成好。嗣此音者，唯陆务观得其十七。”题目为“小雪后书事”，诗的内容写的就是江南小雪后的景象。

又是一年一岁的小雪节气了，江南地暖，寒色最迟，江南的天气还是那么淡然而又温润，寒意还未曾遍及，景色仍旧与平常一般无二。颔联展开对江南昔日季节景象的回忆，犹记得深秋时节，江上丹枫，将要分离的人儿依依惜别；忆起初夏光景，田间麦垄仍旧，却只是少了野鸡闲卧的景象。作者以小雪为题，却转而谈起秋夏景象，更印证了首联“未曾偏”的江南冬景。

“更拟”两句写作者本打算到水边结茅，却因想消散药性而在散步时偶然来到村前。听得邻家老翁们相互劝慰、感叹：瑞雪纷纷，来年一定是个丰收的年头吧！

本诗写小雪节气，全诗极力抒发寒色未多之意，先写与深秋初夏别无二致的冬日景色，再写与老翁的邂逅，江南寒色“未曾偏”的特点跃然纸上。诗的末句写邻翁们的交谈，可见作者热爱生活、关心农事的情怀，难怪鲁迅也曾评价陆龟蒙虽自称隐士，却仍没有忘记天下。

①时候：节气，物候。②麦陇：麦田。
③结茅：亦作“结茆”，指编茅为屋，建造简陋的屋舍。④稔（rěn）年：丰年。

诗词AB面 SHICI AB MIAN

饭后要消食，药后要行散

魏晋南北朝时期，士人喜欢服用一种烈性药物，名曰“五石散”。此药物毒性很大，服下后一定要外出行走，使药性散发，这就是行药，也称行散。行散、行药的习惯在魏晋时期蔚然成风，唐时犹有此余风。南北朝时期的诗人鲍照就曾写《行药至城东桥诗》来记录自己行药时的所见所感；唐朝更有常建的“行药至石壁，东风变萌芽”一诗；一直到宋朝，还仍可见“病倦令人懒欲吟，偶因行药过墙阴”等作品。只不过魏晋之后，后人阅读前人作品不知道何为“行散”，以为“行散”就是“散步”，因此后来的诗词中也常有人以“行散”来意指“散步”。

名人万花筒 MINGREN WANHUATONG

陆龟蒙：做一个远江湖的俗人

历史上的陆龟蒙有两个身份：文学家与农学家。

作为一位文学家，陆龟蒙在诗歌和小品文方面的成就很高，对于儒家经典也颇有研究。而出身于官僚世家的他，祖祖辈辈都曾在朝中担任重职。年轻的陆龟蒙也曾热衷于参加科举，然而怀才不遇，仕途坎坷，在屡试不第又不得重用之后，曾经心高气盛的陆龟蒙终于对在官场与仕途上的挣扎与沉浮产生了疲惫和厌倦之情。仿佛一瞬间从名利的泥沼中幡然醒悟，陆龟蒙决绝地回到了故乡松江甫里，过起了隐居生活，再没有回头。

《新唐书·隐逸传》曾记载：“尝至饶州，三日无所诣。刺史蔡京率官属就见之，龟蒙不乐，拂衣去。”傲岸不羁、潇洒淡然的陆龟蒙，人送称号“甫里先生”，自称“江湖散人”，从此挟飞仙以遨游，抱明月而长终。归隐后的陆龟蒙照样写写隐逸田园诗，卧病期间还自编了《笠泽丛书》，可渐渐地，他的身份开始向着另一个方向发展。

隐居在乡下的陆龟蒙，与农民们一起下地种田、抗洪救灾，同时，他展开了对农具的研究，其所编著的《耒耜经》是后人研究中国古代农业用具绕不开的作品，奠定了其在中国农业史上的地位。问及撰写原因，他言，只是为了不让后人忘记这些在农业上发挥了重要作用的农具罢了。

除却农业，他也喜爱钓鱼、饮茶，他研究生物防治，呼吁保护动物资源……这便是陆龟蒙，他始终在尘世之中，又始终不染尘世之俗。

所谓出世而不避世，大抵就是如此。

知识小问答

以下哪个农业用具发明于唐朝？（ ）

A. 犁壁　B. 翻车　C. 曲辕犁

徐铉，五代至北宋初年文学家、书法家，字鼎臣。

和萧郎中小雪日作

［五代宋初］徐铉

征西府里日西斜，独试新炉自煮茶。
篱菊尽来低覆水[①]，塞鸿飞去远连霞。
寂寥小雪闲中过，斑驳轻霜鬓上加。
算得流年无奈处，莫将诗句祝苍华[②]。

解读赏析 JIEDU SHANGXI

“诗酒趁年华。”

本诗是徐铉在南唐时的作品，此时的徐铉正任晋王李景遂幕府，故称“征西府里”，而“萧郎中”指的也应是萧彧。

夕阳西下，征西府里，徐铉在一个小雪纷纷的天气独自用新炉煮茶自饮。低头将闲水倒去，园中的菊花已然落尽，只留下点点残破。抬头远眺，塞外的鸿雁向着晚霞深处远去，最终消逝于晚霞的尽头。

诗前两句描写作者在小雪天气煮茶自饮、百无聊赖的情态，颔联由近景写及远景，“塞鸿”一句颇有“落霞与孤鹜齐飞”的意境与气韵，意象开阔。

小雪时节，在无聊中打发着空虚的日子，虽为闲散，却仍是寂寥无比。寂寥的是人事物景，更是自己的内心。流年似水，日月如梭，时光又为双鬓增添了不知几许花白。岁月也只不过是无奈而又匆匆地流着，纵使有千般惆怅，万般无奈，岁月仍是刀刀催人老；即便寻觅词句，作诗赋词，也终是于事无补，聊以自慰罢了。

本诗是为酬答朋友深情而作，但更多的则是表达似水年华的伤感。前半部分描绘小雪景象，景物清丽自然，意境悠远开阔。后半部分在空旷、孤寂的氛围中抒发青春易逝，时光无奈的伤感与惆怅，情绪稍显低迷、颓丧。整首诗平易浅切，情感真挚，流畅自然，符合徐铉一贯的诗风，不失为一篇追溯年华的佳作。

①覆水：倒出去的水。
②苍华：形容头发灰白。

诗词AB面
SHICI AB MIAN

古诗词中的“煮茶”文化

煮茶，是指茶入水烹煮而饮。煮茶是门艺术，讲究情趣，要求茶、水、火、器“四合其美”，因此本诗中徐铉煮茶用的就是“新炉”。中国的饮茶由粗放走向精致的时期是唐朝，自唐开始，“煮茶”逐渐成为一种社会文化和生活情趣，例如，中国现存最早、最完整、最全面的介绍茶的专著就是由唐代的陆羽所著。皮日休曾就“煮茶”作诗一首，“香泉一合乳，煎作连珠沸”，将煮茶时的样子描写得情趣盎然。

苍老，先从头发开始

青春易逝，韶华易老，古往今来，无人能够幸免。古代的文人们在作品中写及“苍老”或“年华已逝”时，往往并不直接写及年龄或描写容貌的变化，而是偏爱用头发象征年龄的变化。徐铉在诗中写“莫将诗句祝苍华”，这里的苍华指头发花白，而其本义则是“发神”的名字。徐铉喜欢以“苍华”描写年龄的衰老，其《柳枝词》之七也写过“不觉苍华也似丝”。李白的诗中也常用头发的花白代表人的苍老与愁绪，“白发三千丈”“朝如青丝暮成雪”等诗句都是如此。陆游的《书愤》中，“镜中衰鬓已先斑”中的“衰鬓”亦指头发的花白。

名人万花筒
MINGREN
WANHUATONG

或许，徐铉当真不负李后主

《阅微草堂笔记》中曾经提及过“徐铉不负李后主”这一说法，本是一句肯定徐铉忠心耿耿的话，在历史上却有肯定与讽刺两种解读。

相传在李煜写下《虞美人》后，宋太宗因“故国不堪回首月明中”一句怀疑李煜有谋逆之意，遂将其毒死。历史上还有一种说法，说是徐铉奉宋太宗之命前往探视李煜，李煜对其叹息曰：“当初我错杀潘佑、李平，悔之不已！”随后徐铉便将这句话告诉了宋太宗，使其大怒，遂赐死了李煜。徐铉就这样成了出卖李后主的叛徒。

昔日忠心的臣子变成害死君主的凶手，这一反转最早见于《默记 · 徐铉见后主》一文，自此后，“徐铉不负李后主”的说法就变得可疑起来。但事实上，抛开《默记》一书本属“小说家类”，其中所记不可据为实录这一点，单看这篇文章就可以说是疑点重重。时间不吻合、事件顺序颠倒、逻辑混乱、偷换概念……如此漏洞百出，其可信度可见一斑。何况，史书中也有多处记载了徐铉作为臣子对李煜的忠心。在南唐一片风雨飘摇之际，是徐铉奉李煜之命使宋，向宋太宗谋求和平；在宋军围困金陵的时刻，也是徐铉前往请求宋军退兵。这样一心维护后主，在明知国将灭亡，自己就要沦为阶下囚的时候仍同宋太祖据理力争的徐铉，当真会做出出卖后主的行为吗？

知识小问答

由徐铉参与校订的，中国第一部系统地分析汉字字形和考究字源的字书是哪一本？（ ）

白居易，字乐天，号香山居士，与元稹并称“元白”，有《白氏长庆集》传世。

早冬

［唐］白居易

十月江南天气好，可怜[①]冬景似春华。
霜轻未杀萋萋[②]草，日暖初干漠漠沙。
老柘叶黄如嫩树，寒樱枝白是狂花[③]。
此时却羡闲人醉，五马无由入酒家。

解读赏析
JIEDU SHANGXI

“初冬美景盛春繁，能不忆江南？”

白居易早年曾在杭州与苏州担任过刺史，漫游苏杭，白居易恋江南也常忆江南，三首《忆江南》写了江南的早春，也写了江南的中秋，而本诗则写初冬时的江南。

开口即诵：“十月江南天气好！”好在哪里？好在那温润柔和的江南，连冬日都少了一份带着寒气的锐利，一如春天般迷人可爱。作者开篇直抒胸臆，直接赞美江南的早冬天气好、风景美，更将冬日景色与春景相比，人人皆知白居易爱极了江南的春色，将两者相提并论，也进一步赞美了冬日之景。

转入颔联和颈联，作者通过对早冬景物的描写，继续表达对江南早冬时节的喜爱。江南的寒霜也是那么轻柔，竟不忍吹杀一根小草，那暖阳也晒干了沙子，为大地笼上片片暖意。“霜轻”二句运用了对偶与叠字的修辞方法，读起来朗朗上口。老柘树的树叶虽已枯黄，可仍如新树般生机勃勃；不依时序的寒樱恣意地开着，江南冬日的一切都在作者眼中显出一派柔和。“寒樱”两句从色彩角度写老柘叶之黄与寒樱花之白，表现了江南早冬的特征。

漫步在江南的闲适与从容里，作者却羡慕起饮酒者的优哉游哉，不知不觉间便已走入江南小巷的酒家中。《早冬》一诗抓住江南初冬微寒而不凌厉的特点进行描写，同时也写出了水乡古镇安闲、恬淡的生活节奏。整首诗语言朴实无华，通俗易懂，表达了诗人对江南早冬的深深的喜爱之情。

①可怜：可爱。②萋萋：形容草长得茂盛的样子。
③狂花：不依时序而开的花。

诗词AB面
SHICI AB MIAN

当“可怜”成为一种夸赞

“可怜”一词的出现最早可追溯到汉代，最常见的含义是表达热爱、欣喜等情感，可释为“可爱”。《孔雀东南飞》中的“可怜体无比”就是在形容秦罗敷的端庄美丽。白居易的“可怜九月初三夜”，李白的“可怜飞燕倚新妆”，表达的都是“可爱”的意思，是实实在在的夸赞。但当表达嘲讽与叹惋的情感时，“可怜”又变成了“可惜”，例如李商隐的“可怜夜半虚前席”；在表达赞同羡慕的情感时，“可怜”又意为“可羡”，《长恨歌》中“可怜光彩生门户”便是这个意思。“可怜”的意思还有“可喜”“可怪”“不值一提”，当然还有“值得怜悯”的本义。

江南的冬天真的不冷吗

江南指长江中下游以南地区。在白居易笔下，江南的气候四季如春，就连冬日也满是暖意。根据纬度所判断，江南地区气候确实温和湿润，但也四季分明。北方干冷，岭南湿热，与之相比，江南的气候应是舒适宜人的。但在《中国近五千年来气候变迁的初步研究》一书中，记载了中国气候特征总体有着由暖变寒、由湿变干的趋势，但江南地区气候的变化仍然小于中国其他地区。江南地区气温确实高于北方，可湿度大，体感温度反而不比北方暖多少。

名人万花筒
MINGREN WANHUATONG

白居易：与冬天有个约会

于白居易而言，最喜欢的地方是江南，最喜欢的人是元稹，最爱的季节是冬季。

白居易一生命运沉浮，晚年虽有所升迁，但也仍是潦倒困顿、疾病缠身。愁过怨过，生活还是要继续，天性乐观通达的白乐天开始从寻常的生活中寻找不寻常的美，而其一首首关于冬天的诗作正是白居易享受生活、热爱生活的表现。

白居易怀着欣喜和期待迎接冬天，也投入且快乐地享受冬天。除了直抒胸臆，他更爱通过描绘冬日的种种景象表达自己的喜爱之情。“已讶衾枕冷，复见窗户明。夜深知雪重，时闻折竹声。”对于白居易来说，没有什么比清晨早起打开窗户，发现一夜过后外面一片银装素裹更为惊喜。白居易还喜欢在冬天晒太阳，《负冬日》中就描写了自己在冬天享受日光浴的样子。冬日，暖阳，小酒，自酌，白居易果真是个会享受生活的人。《问刘十九》中，淡绿的米酒，烧旺的火炉，在寒冷欲雪的冬日夜晚邀请友人来喝上一杯，实在是惬意而又幸福的一件事。

白居易将失意时的落寞与独善其身的乐观旷达也通通寄托在了冬天里。“凄清冬夜景”“十月苦长夜”，白居易的冬天有时也是凄清而寂寥的，但新雪一场，明天就又是新的一天。白居易对于冬天的情怀，深沉而又热烈。

知识小问答

白居易代表作《忆江南》三首是在哪一时期所作？ （ ）

A. 贬谪江州时期 B. 杭州刺史时期 C. 洛阳安居时期

陆游，字务观，号放翁，南宋文学家、史学家、爱国诗人。

大雪

［宋］陆游

大雪江南见未曾，今年方始是严凝①。
巧穿帘罅②如相觅，重压林梢欲不胜。
毡幄③掷卢④忘夜睡，金羁立马怯晨兴。
此生自笑功名晚，空想黄河彻底冰。

解读赏析
JIEDU SHANGXI

“眼前雪是塞上雪，耳畔风是沙场风。”

公元1125年，陆游在江南出生，江南成为陆游融入血脉中的故乡。大雪，仲冬之始。写下这首诗时，陆游在江南的艳阳里，大雪纷飞。

大雪江南见未曾。纵使是从小生于江南长于江南的陆游，江南之雪也不可不谓是一件新鲜事。今年的严寒也不似以往，伴着雪花纷纷，细细密密的寒意严凝刺骨。颔联两句写景。雪是灵动、轻巧的，穿帘过罅，在垂帘的缝隙中飞舞、追逐；雪又是厚重的，一簇簇地压在林梢上，枝不胜载。

雪景再美又如何？陆游所心心念念的，仍是可以为国尽忠的军旅生活。边疆，塞外，犹记得将士们在毡帐中戏棋的夜晚，仍怀念奔马在雪地中闪着金色日光的清晨。诗写及此，飘飞在陆游心中的，早已不是简单的江南小雪，而是他一生可望而不可即的塞外飞雪。

于是长叹一声：“此生自笑功名晚，空想黄河彻底冰。”这是陆游的自嘲，空有一腔爱国热血与报国壮志，到头来，仍是功不成名不就罢了！此句不同于“铁马冰河入梦来”的深沉悲壮，也不同于“家祭无忘告乃翁”的热烈真挚，陆游在这里笑的并非迟来的功名，而是落空的雄才壮志。怀才不遇，报国无门，一个“笑”字，读来令人哽咽，满腹心酸。

大雪节气，江南的冬天到了。只是于陆游而言，春天来得还是太迟，太迟了。

①严凝：指天气严寒。②罅（xià）：缝隙，裂缝。
③毡幄：即毡帐。④掷卢：古时赌博的一种。

诗词AB面
SHICI AB MIAN

古人也好“赌”

“赌博”这一活动在中国可谓历史悠久、花样繁多，据说早在夏桀时期便已出现了所谓“乌巢作博”的说法，再如成语“斗鸡走狗”的本义实际上也是赌博的一种。赌博在古代民间颇为盛行，叶子戏、马吊、纸牌、行棋……古人发明出来的赌博花样内容形式丰富新奇。但早在战国时期就有《法经》以法律形式明令禁止古人赌博的行为，宋朝更是赌博处罚最严厉的时期，一旦参与赌博，无论身份地位一律斩首。与亲人朋友的小赌怡情，可赌博切莫失了分寸，小心“有朝一日分贝了，到头成了贝戎人”。

陆游笔下的江南

江南作为南宋的政治经济中心，更是陆游生长的故乡。只不过仕途起伏，命运飘摇，陆游在一次次的罢免中远离了他的江南，也远离了他心中一团燃烧的梦。在陆游的100多首词中，有58首涉及江南意象，这其中有些是作于早年游宦时期，但更多的是作于归隐山阴之后。《南乡子》中的“月笛烟蓑万事休”，《洞庭春色》中的“闲听荷雨，一洗衣尘”，写的都是江南的景象。陆游词之成就总体上不及诗之成就，但风格恬淡飘逸，寄托了对江南的怀恋与情深。

名人万花筒
MINGREN WANHUATONG

秦桧或许没有杀害岳飞，但一定害惨了陆游

秦桧作为历史上遗臭万年的大奸臣，最著名的事件便是绍兴和议，诬陷了抗金名将岳飞，将其被赐死狱中。但在史学界，岳飞到底是秦桧还是宋高宗赵构害死的尚存在分歧，然而秦桧的结纳私党、斥逐异己，却直接导致了陆游官场的失意。

公元1135年，28岁的陆游来到临安参加考试，自幼才华横溢、渴望建功立业的陆游对考试满怀期待与信心，可谁想造化弄人，秦桧的孙子秦埙也同样参加了这场考试。当时的秦桧在朝廷可谓一手遮天，直接将秦埙内定为第一的名次，可主考官陈子茂却被陆游才华所打动，硬是把第一名给了陆游，秦埙次居第二。这个结果直接气蒙了秦桧，一怒之下取掉了陆游的卷子，导致陆游非但没有夺魁，甚至连进士都不是。次年，陆游参加礼部考试，不幸又遇上了秦埙，为了防止陆游再坏自己孙子的好事，秦桧干脆直接指示主考官不得录取陆游。至此陆游算是和秦桧彻底结下了梁子，因此仕途不畅。

眼看他朱楼起，眼看他宴宾客，眼看他楼塌了。直到秦桧病死后，陆游才终于初入仕途，纵使陆游在《老学庵笔记》中对秦氏嬉笑怒骂、冷嘲热讽，昔日的青春年华与雄心壮志仍做了官场勾结、腐败的牺牲品。

陆游的半生失意，不可不怨秦桧。

知识小问答

由陆游私撰，记载五代南唐历史的纪传体史书是？（ ）

A.《南唐书》 B.《旧五代史》 C.《新五代史》

杜甫，字子美，自号少陵野老，唐代现实主义诗人，与李白合称“李杜”。

小至

［唐］杜甫

天时人事日相催，冬至阳生春又来。
刺绣五纹①添弱线②，吹葭六管③动飞灰。
岸容待腊将舒柳，山意冲寒欲放梅。
云物④不殊乡国异，教儿且覆⑤掌中杯。

解读赏析 JIEDU SHANGXI

“冬天来了，春天还会远吗？”

“小至”一说指冬至的前一天，还有的说是指冬至的第二天，杜甫写小至，不写节气特有的景物与自然环境，而着意写小至前后时令的变化。

冬至临近岁末，象征着一年时光的尽头，因而冬日常常引发人对于时光流逝和人生命运的感慨。“天时”两句以作者的感叹作为总起：天时人事变化得太快，冬天刚至，转眼间春天又将很快来到。

转入下句，诗人对女工刺绣和以芦苇茎预测时令变化两件生活琐事进行描写，生动地写出了冬至后昼夜长短的变化。堤岸也在切切地盼着，好让柳条抽出嫩芽；寒山也急急地等着，好让梅花得以开放。两句拟人的运用活泼而生动，将冬去春来的景物描写得形象而富有生机。诗的最后，杜甫身处异乡，却发出了“云物不殊乡国异”的感慨，教儿斟酒，举杯畅饮，春意的盎然隐藏在冬意里，也体现在杜甫的畅意与抒情中。

杜甫一生颠沛流离，似乎很难有安定。此诗作于杜甫在夔州的一段较为安定的时期，全诗也流露着诗人难得的闲适、愉悦的心情。

①五纹：五色彩线。②添弱线：冬至日后白天渐长，古代女工刺绣可以多绣几根丝线。
③管：一作“琯”。④云物：景物。⑤覆：倾、倒。

诗词AB面
SHICI AB MIAN

古人如何观测天气

观测天气是我国自古就有的科学活动之一。古人对于天气的观测最早可一直追溯到殷商时期，那时的甲骨文中就有天气观测的相关记载。古代测量风向可以说简单粗暴，直接将布帛或干脆拿根鸡毛挂在竹竿上就好了。至于雨雪方面，南宋秦九韶所著《数书九章》记载了“测雨器”，为后来降水量的测量奠定基础。到了明清，终于出现了正规的测量风雨集中场所——观象台，明清各地官员的奏章中也开始频繁出现对于天气与气候的呈报内容。

关于“小至”的争议

“小至”事实上并不属于我们平时所相熟的二十四节气中的一个，关于“小至”的具体时间也一直颇存争议，至今没有定论。对于杜甫的这首《小至》，《唐会要》中解释为：“冬至日祀圜丘，遂用小至日视朝。”认为“小至”是冬至前一天；而《杜臆》中却认为是在后一日，并解释为：“若以小至为冬至前一日，则诗不当云添线、动灰矣。”除却杜甫，杨万里、王维桢、吴潜等诗人也曾在诗中写过“小至”，却无一写出具体的时间。

名人万花筒
MINGREN WANHUATONG

杜甫：将一世柔情都给了你

杜甫的一生忧国忧民，作品也大多具有鲜明的时代色彩和丰富的社会内容，殊不知在杜甫的诗作中，有一块细腻而柔软的地方，留给了自己的妻子杨氏。

开元二十九年，29岁的杜甫迎娶了19岁的杨氏。史料中关于杜甫妻子杨氏的记载少之又少，连姓名都已无从考证，只知道其为弘农县司农少卿杨怡的女儿，出身于书香门第，是标准的千金大小姐。

杜甫与杨氏相濡以沫三十余载，琴瑟和谐，感情甚好。从杜甫来说，在唐朝开放的社会背景下，杜甫终其一生仅娶杨氏一妻，弱水三千只取一瓢饮；于杨氏而言，嫁与杜甫后，杜甫父亲过世，家中断了经济来源，生活条件艰苦。随后安史之乱爆发，一家人开始了动荡漂泊的生活，可身为大家闺秀的杨氏却从未抱怨，在杜甫失意、痛苦的时候给予他温柔的安慰。

杜甫一生为妻子写了20多首诗词，在《月夜》“香雾云鬟湿，清辉玉臂寒”中有对妻子的思念之情；在《江村》“老妻画纸为棋局，稚子敲针作钓钩”中有与妻子日常生活中的情趣；在《羌村三首》“妻孥怪我在，惊定还拭泪”中有与妻子重逢后的喜悦与爱恋……

杨氏成为杜甫生命中一条潺潺的暖流，也成为杜甫诗词作品中一抹最明亮的色彩与最缠绵的温柔。

知识小问答 杜甫在《李潮八分小篆歌》中提出了哪一种书法审美标准？（　）

朱淑真，号幽栖居士，南宋女词人，唐宋以来留存作品最丰盛的女作家之一。

冬至

［宋］朱淑真

黄钟应律①好风催，阴伏阳升淑气②回。
葵③影便移长至④日，梅花先趁小寒开。
八神表日占和岁，六管⑤飞葭⑥动细灰。
已有岸旁迎腊柳，参差又欲领春来。

解读赏析

JIEDU SHANGXI

“生活寒冷，就把自己活成春天。”

又是一年冬至日，一年中最寒冷的季节还是到了。

百无聊赖是冬天，天寒地冻，万物凋敝，在这样的季节里，一切都是冷清与沉寂的。只是黄种应律，好风相生，阴极之至，阳气始生，朱淑真眼中看到的，不是冬季寂寥冗长的满目萧瑟，而是蛰伏在寒冬下，缓缓而来的春意。

冬至日，这是一年中最长的夜。没有风，也没有月，绵绵的黑夜仿佛没有尽头。可在词人看来，白日时葵菜的日影在逐日渐长，过了冬至，白昼总会变长，黑夜也终会变短。阳气回升，温和之气渐渐回到人间，梅花也终于赶在小寒前悄然盛开。一切都是温润祥和的景象。

八方之神也在保佑着家家户户的安然和岁，冬日的寒冷也一点点被吹散。那河岸旁的柳树也在参差地生长着，迎风摇摆，准备迎接又一个春天的到来。

本首《冬至》语言清丽婉转，不写冬日的萧瑟之景，而着意描写冬天背后的春意。朱淑真生命的冬季几乎笼罩其一生，命运带给她的是凛冽的寒风与驱散不去的严寒，而她则宛如寒冬中傲然而开的梅花，将自己活成了春天的样子。

①应律：应和历象。②淑气：温和之气。③葵：指葵菜。
④长至：此指冬至。⑤管：一作“琯”。⑥葭：初生的芦苇。

诗词AB面
SHICI AB MIAN

中国古代的“律历合一”

中国古代的“律历合一”观根据典籍记载最早可追溯至前秦时期，虽愈臻完善并自成体系，但自宋朝以后逐渐式微，明、清时期基本成为绝学。在古代，人们把乐律和历法联系起来，依照《礼记·月令》记载，一年十二月正好和十二律相适应：太簇，夹钟，姑洗，仲吕，蕤宾，林钟，夷则，南吕，无射，应钟，黄钟，大吕。一月一律，各自有既定的轨迹，开宗明义，澄澈分明。一直到明朝晚期，大多宫廷和民间学者也对“律历合一”的观点毫不怀疑，这也表明中国历史上曾经有过比较成熟和辉煌的律历合一观与实践。

腊祭有八神

腊祭是中国拥有悠久历史的传统祭祀活动。相传古人每逢腊月之时就要围猎，将捕获的禽兽作为牺牲，以此祭祀祖先。《史记·秦本纪正义》云：“十二月腊日，猎禽兽以岁终祭先祖，因立此日也。”腊祭所要祭拜的不仅有列祖列宗，还有腊祭八神，分别为先啬一，司啬二，农三，邮表畷四，猫虎五，坊六，水庸七，昆虫八。后来佛教传入中国，为了弘扬佛法，声称中国阴阳合历独有的腊月八日为释迦牟尼成道日，“腊八”初义遂湮。

名人万花筒
MINGREN WANHUATONG

半世浮萍随逝水，一宵冷雨葬名花

在宋代文学史上，朱淑真原本是可以与李清照齐名的存在。

同李清照一样，朱淑真是从小受到良好教育的大家闺秀，同万千少女一样，她渴望着诗情画意的生活，也渴望着郎才女貌、琴瑟相合的爱情。然而父母之命，媒妁之言，朱淑真由父母做媒，被迫嫁给了当朝名臣王刚。

如果说李清照的文字在当时是荒淫之语，那朱淑真可要比这严重得多。“娇痴不怕人猜，和衣睡倒人怀”，在宋代，这样的诗作出自一个女性的手笔，是有失妇德而不贞的表现。面对来自四面八方的口诛笔伐，李清照尚有爱她的赵明诚与宽容的父母，朱淑真却是孤军奋战，孤立无援。

王刚是一个朝三暮四、热衷于名利的庸俗官吏，面对妻子的才情，他只觉得滑稽可笑：一个女子，相夫教子便好，写这些诗词作给谁看？夫妻间的隔阂、父母的冷漠，这是朱淑真一生痛苦与不幸的根源。再到后来，王刚干脆找了小妾，另寻新欢，而朱淑真则回到了娘家，却仍是备受冷落。这个世界对她实在太过残酷，爱情与亲情皆离她而去，1180年，朱淑真走进了家后的湖水中，离开了这个折磨了她半生的世界。

朱淑真去世后，父母因怕遭人耻笑，烧掉了几乎所有的诗作，只留下了《断肠诗集》与《断肠词》两册。这也是如今人人皆知李清照，无人识得朱淑真的主要原因。

知识小问答 朱淑真书画造诣极高，明代画家杜琼曾在其哪篇画作上题词“观其笔意词语皆清婉……诚闺中之秀，女流之杰者也”？（ ）

苏轼，字子瞻，号东坡居士，眉州眉山人，北宋著名词人、书法家。

冬至日独游吉祥寺

［宋］苏轼

井底微阳①回未回，萧萧寒雨湿枯荄②。
何人更似苏夫子，不是花时肯独来。

解读赏析 JIEDU SHANGXI

“独处，应是孤单而不寂寞。”

冬至日，独游，吉祥寺。题目八字点明了出游的时间与地点，也说明了此次出游“独”的性质。雨后山色空蒙，雾气氤氲，苏轼在这样的一天只身前往，独游吉祥寺。

吉祥寺在宋时是一处名刹，寺中牡丹最盛，只是冬日天气寒冷，加之雨雪霏霏，寺中牡丹怕早已不复春日时的光景。“井底微阳回未回”，冬日的阳光闪动在井底，为寒冷的冬日增添一丝暖意；“萧萧寒雨湿枯荄”，雨雪无情，打湿了本就干枯的草根，更显颓败。

此情此景，诗人忍不住感叹，还有什么人像我这样，不在花开艳阳时来，偏偏选择雨雪后的冬日前来游玩呢？

“何人更似苏夫子，不是花时肯独来。”赏花并非一定要在花季，正如出游也不一定非要结伴而行。无论是赏花抑或出游，只要能获得内心的安宁与愉悦，便是真正有意义的出行。这样万籁俱寂、枯草浸润的冬日，并非人人都有苏轼这般赏花的雅致，寺内人迹寥寥，苏子孤身一人，却享受着无比静谧又安然的美好，流连忘返。这份非常人所及的闲情逸致，寄托着苏轼的独特意趣与傲岸旷达。

①阳：暖气，此指冬至日后天气开始转暖。
②荄：草根。

诗词AB面 SHICI AB MIAN

吉祥寺——苏轼诗中的秘密花园

“南朝四百八十寺，多少楼台烟雨中”，古代寺庙千万座，远近闻名的白马寺、寒山寺、大昭寺等，至今仍然有不少游客慕名前来造访，而吉祥寺不仅现如今已荡然无存，就连在古代也算不上什么有名的寺院。但于苏东坡而言，无论是春日抑或冬季，吉祥寺都是一个出行散心的好去处。

吉祥寺建于宋乾德三年，原址在仙林寺北，内植有大量的牡丹，引得游赏者云集。苏轼曾作《吉祥寺看牡丹序》，详细描写了仲春时节与友人们一同赏花饮酒的“牡丹盛会”。在《吉祥寺赏牡丹》中，苏轼毫不吝啬对牡丹之美的夸赞：“人老簪花不自羞，花应羞上老人头。”情趣生动盎然。苏轼也去吉祥寺中进行祭拜，“上人宴坐观空阁，观色观空色即空”是其在吉祥寺僧求阁名的感悟。花将落时，苏轼仍游吉祥寺，留下了“对花无信花应恨，直恐明年便不开”的感叹。

消失在历史长河中的吉祥寺，也曾为任职杭州的苏轼带来过一份闲适，也属一件幸事。

名人万花筒 MINGREN WANHUATONG

“舌尖上的苏东坡”

苏轼的“爱吃”，可谓有史有据，众所周知，只不过苏轼的“爱吃”可以说吃出了名堂，也吃出了成就。

苏轼一生几次征派调遣，每到一处新地方就任，一些新美食也就随之诞生。被贬到岭南，无意间发现了荔枝的美味，随后视荔枝为最爱，“日啖荔枝三百颗，不辞长作岭南人”，险些到了把岭南荔枝树吃秃的地步。就连被贬至海南那样的蛮荒之地，苏轼都能找到新奇的东西来吃。先是发现了美味的“蚝”，随后竟然还开发了蝙蝠、蜜唧等美食。能将蝙蝠作为食材并研究出烹食方法，古往今来，怕也就只有苏轼一人了。

苏轼自称老饕，意为贪吃者。有别于一般的吃货，苏东坡不仅会吃，还会做。林语堂曾说：“苏东坡自己善于做菜，也乐意自己做菜吃，他太太一定颇为高兴。”苏轼有很多的诗词书稿，写的就是关于自己研究美食的文章，例如《菜羹赋》《豆粥》以及著名的《老饕赋》等。

东坡豆腐、东坡肘子、东坡酥、东坡饼……苏轼之“爱吃”果然名不虚传，毕竟能将美食吃成自己的名字，也可以说是作为吃货的一大荣幸了。

知识小问答

“苏堤”是苏轼被贬至何处时修建的？　　(　)

A. 密州　B. 杭州　C. 黄州　D. 常州

陆游，字务观，号放翁，南宋文学家、史学家、爱国诗人。

大寒出江陵西门

［宋］陆游

平明羸马[①]出西门，淡日寒云久吐吞。
醉面冲风惊易醒，重裘藏手取微温。
纷纷狐兔投深莽[②]，点点牛羊散远村。
不为山川多感慨，岁穷游子自消魂。

解读赏析
JIEDU SHANGXI

“剑南诗性尚依稀。”

一个大寒时节的清晨。

晨曦载曜，东方既白。陆游骑一瘦马，独自出城，此时的日光还很暗淡，云彩在寒天中也显得格外洁白与淡薄。首联一句描绘了诗人清晨骑马出城的景象，大寒时节，天气的寒冷与肃杀缓缓呈现。

带着些许醉意，寒风在蒙眬间迎面而来，吹人酒醒，寒风刺骨，只能将双手藏在厚重的皮衣下才得以寻到一丝温暖。城外俨然是一片苍茫而萧条的严冬景象，狐、兔等小动物纷纷躲进深林中避冬，连牛、羊也不过星星点点地散落在远处的村庄里，冬季似乎总是这样缺少生机与活力。

“不为山川多感慨，岁穷游子自销魂”，诗的尾联一扫萧瑟苍凉的氛围，转入一种开阔而雄浑的意境：年关将近，身处异乡的陆游感受到的不仅仅是一份作为异乡人的孤独与惆怅，更多的是感慨于祖国的大地与山川。这是何等的豪情与气魄！

岁末的寒冬，云寒风冷，独行的游子心心所念的并非对家乡和家人的思念，而是祖国壮阔之山河，虽不写军旅生活，抒发的却仍是满腔爱国之情。难怪梁启超对其评价曰：“诗界千年靡靡风，兵魂销尽国魂空。集中十九从军乐，亘古男儿一放翁。”

①羸马：瘦弱的马。
②深莽：深密的草丛。

诗词AB面
SHICI AB MIAN

以“马”看人

“马”作为一个重要的动物意象，被众多文人所吟咏。根据马匹形态与状态的不同，其所蕴含的人物形象和情感也不尽相同。马的意象大致分为两类：一类是宝马、骏马、千里马；一类是老马、瘦马、病马。第一类中的马具有俊朗的外表与坚强的意志，常用来表达诗人不畏艰险的积极情绪、烘托文人乐观向上的豪迈性格，例如高适的《画马篇》、李白的《紫骝马》等。第二类马则常常呈现出年老病态的状态，常用来表达人生命运的悲凉或英雄失路的郁愤，例如杜甫的《瘦马行》、韩愈的《驽骥》等。

古人冬日穿什么御寒

从殷墟甲骨卜辞中的“裘”字可见，古人最早是穿毛皮衣服来御寒的。《大金国志》记载：“非皮不可御寒，所以无贫富皆服之。”“裘”在《说文解字》称：“裘，皮衣也。”是用动物皮毛为原料所制的御寒衣服的统称。古代的裘衣分“重裘”与“轻裘”，“重裘”较为粗劣与简陋，为一般老百姓所穿，材质多为鹿皮，所以也称“鹿皮裘”；“轻裘”则较为精致与讲究，常为富人贵族所穿，狐皮、貂皮等都是制作“轻裘”的珍贵原料。在古代，不同身份要穿不同的裘衣，平民若穿了贵族的上等裘衣就是僭越。

名人万花筒
MINGREN WANHUATONG

陆游的梅花情结

晋陶渊明独爱菊，宋周敦颐独爱莲，而对于陆游来说，梅花是其心头的一抹白月光。

在陆游的诗集中，咏梅的诗就有100多首，其对于“气节最高坚”的梅花爱慕之至。“阅尽千葩百卉春，此花风味独清真。”爱极了梅花的陆游，认为作为凡夫俗子的自己是不配同梅花做朋友的，于是他写：“欲与梅为友，常忧不称渠。从今断火食，饮水读仙书。”梅花是高洁不屈的，爱梅情深的陆游连写起梅花来都不禁诚恐诚惶，生怕笔端的纤尘玷污了梅花的纯洁，并言：“子欲作梅诗，当造幽绝境。笔端有纤尘，正恐梅未肯。”实在是梅花的忠实小迷弟。

“何方可化身千亿，一树梅花一放翁。”据说写下这首《梅花绝句》时，陆游已是70岁的高龄了，可面对着漫山遍野的梅花，他却像个孩子一样，贪心地想要化身为无数个自己，这样就能欣赏到每一树梅花的美丽了。

“雪虐风号愈凛然，花中气节最高坚。”使陆游为之歌颂的，是梅花不畏严寒、傲霜而开的内在品格。无意争春苦的梅花，即使零落成泥碾作尘也仍有香气如故。这样高洁脱俗的高贵品格，不也正是陆游穷极一生不懈追求的美好品质吗？

知识小问答 后人常把陆游爱梅、陶渊明爱菊与（ ）相提并论，成为文坛佳话？（ ）

邵雍，字尧夫，谥号康节，北宋哲学家、易学家，自号安乐先生、伊川翁。

大寒吟

［宋］邵雍

旧雪未及消，新雪又拥户[①]。
阶前冻银床[②]，檐头冰钟乳。
清日无光辉，烈风正号怒。
人口各有舌，言语不能吐。

解读赏析

JIEDU SHANGXI

“心藏後凋节，岁有大寒知。”

冷气积久而为寒，大者，乃凛冽至极也。《授时通考·天时》中写：“寒气之逆极，故谓大寒。”大寒是二十四节气中最后一个节气，预示着一年轮回的结束，也标志着新一轮轮回的开始。大寒时节处处呈现着天寒地冻的严冬景象，也是一年中最冷的时期。

大寒时节，不久前落下的积雪还未消融，新的大雪又纷纷而至，封门闭户，几乎令人无法出门。三四句对严寒中周遭事物的景象进行描写，玉阶前井上的围栏已被冰雪冻住；因寒冷而形成的冰柱高高悬挂在屋檐上，宛如冰制的钟乳石。

太阳还照旧照耀着大地，只是天气之寒使得冬阳也少了一份温暖，多了一丝清冷。寒风肆虐，冷日不暖，即使是与人相见，舌头也好似被冻住了一般，不能言语。

全诗语言朴实无华，明白如话，抓住了寒冬中积雪、被冻住的井栏、冰柱、日光与寒风等富有特点的景物，形象而又真切地吟出了大寒之寒。

①拥户：闭门、封户。
②银床：井栏。

诗词AB面
SHICI AB MIAN

大寒有三候

先秦史籍《逸周书·时训解》："大寒之日，鸡始乳。又五日，鸷鸟厉疾。又五日，泽腹坚。鸡不始乳，淫女乱男。鸷鸟不厉，国不除兵。水泽不腹，坚言乃不从。"这便是古人根据大寒时节的现象与特征总结出的"大寒三候"。一候鸡乳育，就是大寒时节随着阳气的上升，已经可以孵化小鸡；二候征鸟厉疾，就是大寒时鹰隼之类的征鸟捕食能力处于最强状态，常盘旋于空中寻找食物，以补充能量，抵御严寒；三候是水泽腹坚，就是到了大寒水中的冰会一直冻到水中央，坚硬而厚实。

此"床"非彼"床"

在《说文解字》中，现在汉语中的"床"实际上是"牀"，是安身之座的意思。作为"牀"的俗字，"床"也指井干，即井上围栏，也可做辘轳的架子，又称为银床。在诸多诗词注解中，现代人常把古文中的"床"一概理解为床榻，这实际上是错误的。早在《乐府诗集》中就有"后园凿井银作床"，此处的"床"很明显是指井上的围栏。李白《长干行》中的"绕床弄青梅"，洪璨的"辘轳声破银床冻"，其中的"床"都是井栏。更有李商隐的"却惜银床在井头"明白无误地解释了床即井栏。

名人万花筒
MINGREN WANHUATONG

邵雍与司马光：洛阳城的道德模范

宋仁宗皇祐元年，38岁的邵雍自共城迁居洛阳，以棚草作屋，靠打柴为生，日子穷苦却怡然自得。是时，小邵雍八岁的司马光也退居在洛阳，敬重于邵雍高尚的品格，常常同邵雍一同出游，并以邵雍为兄。

彼时，邵、光二人的高尚德行与美好品格多被乡邻所仰慕与称道。连父亲训诫子女时，都会说："若是你做不好的事，恐怕司马先生、邵先生会知道的。"邵雍与司马光俨然成为乡邻们学习的榜样。

不仅是寻常百姓，就连学子与官吏，若是来到了洛阳，即使不去拜访官府，也一定会去邵雍的住所处拜望。在宋神宗全面推进新法时，一大批反对新法的官吏或是寻求自保，或是被逼无奈，皆选择离开。其中的一些人带着书信造访邵雍，邵雍便劝导他们："这是贤德的人应当尽力的时候，新法固然苛严，能尽自己为官之力对百姓宽厚一分，那百姓就会受到一分恩赐。弃官对百姓又有什么好处呢？"

邵雍与司马光两人均博学多才，而且行为纯正，待人真诚诚恳，不分贵贱，德行贤良。有他们两位在，洛阳一时间人才辈出，忠厚之风闻天下。

知识小问答　"北宋五子"分别都是哪五人？（　）

汪莘，南宋诗人，字叔耕，号柳塘，自号方壶居士，与朱熹友善。

行香子·野店残冬

［宋］汪莘

野店残冬。绿酒[①]春浓。念如今、此意谁同。溪光不尽，山翠无穷。有几枝梅，几竿竹，几株松。

篮舆[②]乘兴，薄暮疏钟[③]。望孤村、斜日匆匆。夜窗雪阵，晓枕云峰。便拥渔蓑，顶渔笠，作渔翁。

解读赏析 JIEDU SHANGXI

“冬纵在，与谁同？”

冬日的一天，汪莘偕友人一同来到山间出游。

走累了，同友人在山村的酒馆中饮酒暂歇。新酷好的绿酒泛着春意，寒冷的冬日饮上春酒一杯，实在是惬意而又享受。“溪光”两句写景，沿途的山间流淌着刚刚解冻的溪水，连绵的寒山更是一片翠色无穷。寒冬的萧瑟渐渐退去，转而是逐渐盎然的春意，几枝梅、几竿竹、几株松，山林间点点生机也蕴含其中。

转入下阕，诗人乘兴而游，不觉间已是薄暮冥冥，夜色将至。向远处眺望，只见夕阳西下，远处的孤村也笼罩在落日的余晖之中。暮宿在客栈当中，夜晚寒风飘絮，夜雪扑窗，只愿天明之后前往江边，一蓑江雪做渔翁。

全诗语言清新明丽，风格潇洒明净，有清旷疏朗之气。作者冬游山间的闲散适从与兴致勃勃，读来颇为生动。拥有冬日山行的野趣逸兴，也有与之共同消遣残冬的伴侣，实在是人生不可多得的幸事。

①绿酒：美酒。因酒上浮绿色泡沫，故称。
②篮舆：竹轿。③疏钟：稀疏的钟声，多指不时可闻见的寺庙里的钟声。

诗词AB面

SHICI AB MIAN

词牌“行香子”

行香子，词牌名，又名“爇心香”“读书引”，原意是歌颂“书香”，以晁补之《行香子·同前》为正体。从词牌结构上来看，最难的是上下阕尾联的三字句在句式上要求对仗，而且要写出藕断丝连的感觉。也正是由于这样特殊的句式结构，使得这个词牌下的词多语意回环之艺术效果，意义连贯，特色显著。代表作有张先的《行香子·舞雪歌云》，苏轼的《行香子·过七里濑》，李清照的《行香子·天与秋光》以及辛弃疾的《行香子·三山作》等。

“渔翁”的诗词意象

早在春秋战国时期，“渔翁”就作为一种文学意象出现在诗词作品中。《诗经》中曾说：“籊籊竹竿，以钓于淇。岂不尔思？远莫致之。”那时垂钓虽只是一种谋生手段，但已经被寄托了一种朦胧的闲雅情趣。战国时期，庄子与屈原都著有《渔翁》篇，两人笔下的“渔翁”形象寄寓了对隐士生活的向往。“渔翁”意象发展到后世，其承载的文人意趣也更为丰富。柳宗元、孟浩然、岑参、陆游等诗人都在诗词作品中运用“渔翁”这一意象，或抒发逍遥的自得，或描绘隐逸的闲趣，或表达超凡的追求，又或是一种无奈的选择。

名人万花筒

MINGREN WANHUATONG

此生未了，心已无所扰

1155年，汪莘出生于南宋的风雨飘摇中。南宋盛产爱国诗人，例如陆游，例如辛弃疾，例如汪莘。一个国家的灭亡自有它的道理，南宋朝廷腐败，国君昏庸，奸臣当道，爱国人士大多报国无门，满腔爱国之情无可寄托，陆游是如此，辛弃疾是如此，汪莘亦是如此。

早年的汪莘炽心仕途，一心只想为国效力。他曾写下《击鼓行》，表达了强烈的与恶势力作斗争的愿望；他曾三次上书朝廷，陈述民穷吏污的弊端，作《游甘露寺》批评南宋当权者的养兵不用、不图收复失地，最后的结局都是没有答复。在职的徐谊想帮他一把，向朝廷举荐，结果也未能成功。

前半生的烦恼与沉重令汪莘心灰意冷、疲惫不堪。终于，报国的激情转为对羽化登仙的渴望，晚年的汪莘隐居黄山，筑室柳溪，过上了神仙般自由舒卷的生活。

“金风玉露，洗尽乾坤体”，远离尘嚣、空阔清朗的天地洗涤了疲惫失意的灵魂。“青春误我，白发今如此”，归隐后的汪莘游山玩水，拄杖斜阳里，过往的为政生涯已成为过眼云烟，自享安稳清寂之趣。

“幸自识方壶，有个人，神通游戏”，了悟俗世如茧的汪莘终于蜕变为方壶居士，从此方壶日月，独自醉倒，换得半世逍遥。

知识小问答

“籊籊竹竿，以钓于淇。岂不尔思？远莫致之。”一句出自《诗经》十五国风中哪一“风”？（ ）

A.《周南》 B.《卫风》 C.《政风》

王安石，字介甫，号半山，北宋著名思想家、政治家、文学家、改革家。

元日

［宋］王安石

爆竹声中一岁除[1]，春风送暖入屠苏[2]。
千门万户曈曈[3]日，总把新桃[4]换旧符。

解读赏析

JIEDU SHANGXI

“当新法遇上新年。”

1068年，宋神宗召王安石“约次入对”，次年王安石担任参知政事，主持变法，轰轰烈烈的王安石变法由此拉开序幕。新年除旧迎新的景象使作者联想到了变法后的新气象，因此有感而发作下此诗。

开篇一句交代写作时间，元日在阵阵轰鸣的爆竹声中悄然而至，标志着旧岁的逝去与新年的到来。醇香的屠苏酒带着春天的暖意，温暖着家家户户的酒桌。“千门万户曈曈日”，初升的太阳是那么明亮，使家家户户都沐浴在光亮而温暖的日光中，一片耀眼的光明。最后一句，作者对挂桃符这一民间习俗进行描写：家家取下旧的桃符，换上新的，指明了新生事物总要取代旧事物这一发展规律。诗人描写新年的景象，选取的都是放爆竹、喝屠苏酒、挂桃符等民间传统习俗，生动而又充满意趣，极具生活气息。

本诗写新年革旧迎新的初春景象，热闹、欢乐的节日氛围在诗中渲染得淋漓尽致。新法颁布，新政初行，作者眼中的元日是新一年的开始，更是新生活的开始。全诗积极欢快的精神，也正是王安石对变法得到实施的喜悦、欣慰之情。

①除：逝去。②屠苏：用屠苏草浸泡的酒。
③曈曈：日出时光亮而温暖的样子。④桃：桃符，也作春联。

诗词AB面
SHICI AB MIAN

春联者，即桃符也

桃符是中国历史上一种传统的民俗文化，中国古人认为桃有避邪的作用，因此最早的桃符实质上是用来驱鬼、压邪的桃木板，挂在大门的两侧，相当于门神像。到了五代时期，桃符上开始出现了“联语”，即一些吉利的词句，后慢慢发展为书写在纸上，也称“春联”“挥春”。到了明代，明太祖朱元璋为庆贺建都南京，下令除夕夜公卿士庶门上须贴春联一副。由此，贴春联的习俗渐渐由宫廷贵族推广到了平民百姓。

春节的名称变革

春节在不同的时代日期并不一致，名称也不尽相同。先秦时期，春节叫作“上日”“元旦”“改岁”“献岁”等；到了两汉时期，春节又被叫为“三朝”“正旦”等；魏晋南北朝时期称为“元辰”；唐宋元明时期，春节又被称为“元”“岁日”等；到了清代，则一直被称为“元旦”或“元日”。

名人万花筒
MINGREN WANHUATONG

王安石与苏东坡的“相爱相杀”

苏轼与王安石是历史上有名的一对“冤家”，两人的恩怨情仇远在王安石新法之前，也绝不止于乌台诗案之后。

早在苏东坡参加科举时，王安石就在众多考官中独独给了苏轼的文章一个差评。后苏轼为官，极力反对王安石新法，两人见面也时常相互贬低、相互讽刺，苏轼的“乌台诗案”也是拜王安石所赐。

1084年7月，苏轼在离开黄州奉召赴汝州就任的途中路经南京，拜访了当时隐居在南京半山园的王安石。那时的王安石已从丞相的官位上辞职，新法也以失败告终。据朱弁《曲洧旧闻》载，风尘仆仆的苏轼顾不上戴帽子便去拜访王安石，还打趣王安石“相公门下用轼不着”。之后的一段日子里，苏轼与王安石在南京一同游山玩水，俨然是一对久别重逢的亲密挚友。

王安石看不惯苏轼是真，欣赏苏轼也是真。在乌台诗案刚发生时，平日与苏轼交好的朋友都噤若寒蝉，反倒是“敌人”身份的王安石站出来说了话，冒险向皇帝上书：“安有圣世而杀才士乎？”在南京分别四个月后，苏轼还在为王安石写诗：“劝我试求三亩宅，从公已觉十年迟。”王安石亦对人夸赞苏轼：“不知更几百年，方有如此人物！”

针锋相对，相爱相杀，至此，苏轼与王安石究竟是敌是友，似乎已没那么重要了。或许没人比苏轼更懂得王安石，也或许没有人比王安石更欣赏苏轼。

知识小问答

以下哪位文人不是“唐宋八大家”中的一员？（ ）

A. 王安石　B. 苏轼　C. 司马光

戴叔伦，唐代诗人，字幼公（一作次公），润州金坛（今属江苏）人。

除夜宿石头驿

［唐］戴叔伦

旅馆谁相问，寒灯独可亲。
一年将尽夜，万里未归人。
寥落[①]悲前事，支离[②]笑此身。
愁颜与衰鬓，明日又逢春。

解读赏析
JIEDU SHANGXI

“中年之苦，冷暖自知。”

若评选人生最孤独的时刻，此诗之景恐怕排得上前十：除夕之夜，他乡异景，孤家寡人，滞迹旅馆。此情此景，更何以堪？莫说诗人之感伤，读者读来都觉得凄凉万分。

这首诗便是真切地记录下了诗人当时的场景。

首联“旅馆谁相问？寒灯独可亲”，一个设问，直入心底。是诗人自我问答，自我解忧。除夕之夜本是团聚之时，自己却孤身奔走，寄宿驿站，无人相伴，唯有寒灯一盏。悲凉之景，孤苦心境，油然而生。

颔联“一年将尽夜，万里未归人”，“一年将尽”与“万里未归”对仗整齐，前者写时间，后者写空间。时间的逝去，距离的遥远，让人徒生百感苍茫的情思。这句虽是化用，却是此诗最为精彩的一句，具有深沉的感染力。

颈联“寥落悲前事，支离笑此身”，诗人对灯独坐，往事涌上心头，唏嘘万分。“支离”，本指形体不全，这里指流离多病。诗人在任职期间，政绩斐然。晚年却被诬蔑问罪，后来虽得以昭雪，但是也给诗人沉重的打击。诗人回想自己光明磊落，抱有济时之志，现在不但没能实现，反落得病骨支离，江湖漂泊，这怎能不感到可笑呢？这“笑”，是愤慨不平的笑，是辛酸与无可奈何的笑。

“愁颜与衰鬓，明日又逢春。”逢春本该是充满希望，此句读来却苦涩万分。一年伊始，万象更新，愁情苦状却不会改变。逢春又如何？一年恰似一年的愁苦，一年不如一年的老境。凄苦况味，唯有自知。

①寥落：稀少，冷落。此处有孤独、寂寞之意。
②支离：即分散。

诗词AB面 SHICI AB MIAN

诗词中有哪些著名的化用

本诗中的“一年将尽夜，万里未归人”脱胎于梁武帝萧衍《冬歌》：“一年漏将尽，万里人未归。君志固有在，妾躯乃无依。”

古代诗歌有不少是化用前人的成句。也就是在创作过程中，把其他诗作的一联或一句诗用于自己的作品中。这与抄袭的概念截然不同。古代诗人阅读了大量诗词，深受影响。当出现情景与古人的心意相通时，激情流于笔下，便不知不觉中写出了与古人相同的诗句或趁势使用了古人的句子，又或者是采用相似的诗意、意境。虽然是化用，但是仍然不阻碍这些诗词成为千古名句。

例如，杜甫的《送高三十五书记十五韵》中“长恨皆欢浅，各在天一涯”化用了《古诗十九首》的“相去万余里，各在天一涯”。

元好问《寄杨飞卿》中“西风白发三千丈，故国青山一万重”化用了李白的《秋浦歌》“白发三千丈，缘愁似个长”。

陆龟蒙“觉后不知明月上，满身花影倩人扶”化用牟融的“醉后不知明月上，狂歌直到夜深回”。

名人万花筒 MINGREN WANHUATONG

距离产生美

现代诗人黄颖有个著名的美学命题，即“距离产生美”。意思是人在审美过程中，必须保持一定的距离，如时间距离、空间距离和心理距离，否则就会影响和削弱审美主体的审美效果。这个美学命题被大多数人认可。

千百年前，戴叔伦也曾提过一个有异曲同工之妙的诗学主张。戴叔伦曾说过：“诗家之景，如蓝田日暖，良玉生烟，可望而不可置于眉睫之前也。”意思是“诗人笔下的景物，就如同日光照耀下的蓝田美玉，光芒耀眼，如同烟岚缭绕，但是那朦胧的光芒只可远望，不可近观”。

“诗贵朦胧”，诗人笔下之景，是“象外之象，景外之景”，而不是眼前的实景实事。蓝田美玉尚未开采前与石头无异，拿到眼前仔细欣赏远不如它在山中被烈日照耀时所生发出的朦胧光芒。

与这些诗景保持一定的距离，而不是撕开那层面纱凑近了看，这样往往更能欣赏得到诗意之美。

所以，我们会说，“久居之处无美景”“入芝兰之室，久而不闻其香”。诗贵朦胧，现实生活中亦是如此，适当的距离，让我们彼此找到最佳审美体验。

知识小问答 张翰中为戴叔伦的墓碑上题“诗伯夜台”的意思是?（ ）

杜甫，字子美，自号少陵野老，唐代伟大的现实主义诗人，与李白合称“李杜”。

杜位①宅守岁

［唐］杜甫

守岁阿戎家，椒盘已颂花。
盍簪[②]喧枥马[③]，列炬散林鸦。
四十明朝过，飞腾暮景斜。
谁能更拘束，烂醉是生涯[④]。

解读赏析

JIEDU SHANGXI

“热闹是他们的，我什么也没有。”

初读此诗，热闹非凡。前两联更是展现了一个盛大的除夕夜场面：作为李林甫的女婿，他的族弟杜位家的除夕夜自然不一般。不仅有椒盘颂花的过年仪式，也有觥筹交错的热闹场面。一些宾客骑马而来，一些宾客坐车而来，马槽边一片喧腾，点燃的火炬吓得林中雀鸟四散飞去，好一派盛世祥和的除夕夜！

再读此诗，凄苦况味。在这样喧嚣热闹的除夕夜里，诗人在干吗呢？热闹是别人的，他什么也没有。在经历过李林甫的乌龙科举之后，杜甫在杜位家中更感尴尬万分。他难以真正纵情享受这盛宴之乐，而是笔锋一转，“四十过明朝，飞腾暮景斜”，想起自己年过不惑而前途渺茫，悲从中来！前面盛大的守岁盛景衬托诗人年岁已逝仍不得志的伤感，对比强烈，更显诗人之悲怆孤寂。处于长期的漂泊困顿之中的杜甫，盛闹之下更直观地感受到自己人命如蚁，仕途失望，顿时身心疲惫。

该怎么样呢？索性“谁能更拘束，烂醉是生涯”。就这样放纵自己烂醉余生吧。

李白常写醉酒，写的是洒脱和放诞不羁，是恣意潇洒的人生。而杜甫的“烂醉是生涯”更多的则是一种无奈之举，一种压抑后的痛快，一种自我催眠的掩饰。

热闹中的孤独，更感孤独啊。

①杜位：杜甫的同族兄弟，李林甫的女婿。②盍簪：出自《易·上经·豫卦第十六》四爻“勿疑朋盍簪”。此诗“盍簪”对“列炬”，取朋友聚合之意。③枥马：枥，马槽。枥马，关在马棚里的马。④生涯：《庄子》“吾生也有涯，而知也无涯。”原谓生命有边际、限度。后指生命、人生。

诗词AB面
SHICI AB MIAN

古代诗人的守岁

守岁又称照虚耗、点岁火、熬年等，是民间除夕的习俗，自古便有。守岁之时，百姓点蜡烛或油灯，“燃灯照岁”，通宵守夜，使来年家中财富充实。

西晋的《风土记》曾记载：除夕之夜，各相与赠送，称为“馈岁”；酒食相邀，称为“别岁”；长幼聚饮，祝颂完备，称为“分岁”；大家终夜不眠，以待天明，称曰“守岁”。

守岁在唐代蔚然成风。除夕之夜，皇帝也会一起守岁。唐太宗有《守岁》诗：“冬尽今宵促，年开明日长。”大诗人孟浩然也曾诗云：“守岁接清筵。”

“椒盘已颂花”是什么习俗

饮椒酒。“椒花酒”是用椒花浸泡制成的酒，古时候，正月初一要喝椒酒，以辟疫疠等一切不正之气。饮用方法也颇讲究，由“幼及长”。晚辈用盘子盛着花椒，拿一小撮花椒放于酒中，先饮下，长辈再喝。

椒花颂，即颂花，指新年祝词。典出《晋书》，晋人刘臻的妻子陈氏，聪慧能写文章，曾经在正月初一献《椒花颂》。后便成了典故，指新年祝词。颂花也就是颂贺词。

名人万花筒
MINGREN WANHUATONG

别慌，杜甫也落榜过

科举考试是古代的高考，也算是古代相对公平的选拔考试了。大大改变了魏晋以来“上品无寒门，下品无士族”的用人体制，让更多各个阶级的青年才俊都有机会参与到政治活动中来。

但历史上也曾出现过几次荒谬的科举考试，有的甚至是零录取。我们的“诗圣”杜甫就曾在这样荒唐的考试中落榜。

唐玄宗晚期昏庸，沉迷于大唐盛世的虚像之中，酒池肉林，已经没有精力过问朝政了。于是他把“外朝”交给李林甫，“内朝”交给高力士。

古人学而优则仕，时值杜甫初到长安参加科考，一心求官为民。当时担任主考官的是当朝宰相李林甫。李林甫虽身居高位，却妒贤嫉能。对于朝中百官才能和功业在自己之上的，都想方设法除去。公元747年，杜甫、高适等一大批青年才子参加科举考试，这个“口有蜜，腹有剑”的宰相李林甫便千方百计地阻塞言路。结果整个大唐的“制举”考试，竟无一人被录取。

而唐玄宗竟也默认了这样的结果。大唐盛世转衰，不是没有道理。

我们的大诗人杜甫也因此落榜。于他个人或许是不幸的，然而对于整个文学史而言，却又极其幸运。

知识小问答

“守岁阿戎家”中的“阿戎”是指？ （ ）

A. 对哥哥的称呼　B. 对弟弟的称呼　C. 人名

吴文英，字君特，号梦窗，晚年又号觉翁，四明（今浙江宁波）人。

花犯·谢黄复庵①除夜寄古梅枝

［宋］吴文英

翦横枝，清溪分影，翛然②镜空晓。小窗春到。怜夜冷孀娥，相伴孤照。古苔泪锁霜千点，苍华人共老。料浅雪、黄昏驿路，飞香遗冻草。行云梦中认琼娘③，冰肌瘦，窈窕风前纤缟。残醉醒，屏山外、翠禽声小。寒泉贮、绀壶渐暖，年事对、青灯惊换了。但恐舞、一帘胡蝶，玉龙吹又杳。

解读赏析

JIEDU SHANGXI

“最美是那一点心灵相通的情谊。”

梦窗词素来以晦涩难懂著称，夏承焘在《吴梦窗词笺释序》中说过：“宋词以梦窗为最难治。其才秀人微，行事不彰，一也。隐辞幽思，陈喻多歧，二也。”这首词，也有这两个特点，但仍不妨碍其是一首优秀的词作。

上阕以时间为序，写友人黄复庵于除夕夜寄梅枝过程，逻辑清晰。前三句写的是友人将梅枝从树上剪下，梅枝在水中的倒影也随之分成两节，打破了原有像镜面一样的平静。“小窗”三句写词人收到梅枝后的感受。梅花的盛开像是春的到来。孤冷之夜，月光洒在梅枝上，仿佛独守广寒宫的嫦娥与词人相伴。“古苔”两句写的是梅枝上苔藓留下的白霜一样的斑痕，与作者的白发相互呼应。“料浅雪”两句，是写词人想起友人送梅的情景。

下阕以词人心理活动为序，写词人收到梅花后的心理活动。“行云”三句写的是词人梦中偶遇梅神，风姿绰约。这里作者将梅花拟人化了，进一步显示出了词人对梅花的喜爱。“残醉醒”写词人于梦醒时分，忽闻窗外翠禽的声音，才知是梦。“寒泉贮”写的是词人对梅花的细心呵护。人与梅相伴，本是寒泉水，也因这相伴，壶水渐暖。“但恐舞”是个转折，词人担心这梅花会如同蝴蝶和白雪一样，凋落飞舞，渐渐散去。

这首词有一点值得关注，用了许多颜色词。如：霜、苍华、浅雪、黄昏、冰、纤缟、绀壶、青灯、玉龙等，所以整首词读来，画面感极美。

①黄复庵：作者友人，生平不详。②翛（xiāo）然：即无拘无束，自由自在。
③琼娘：许飞琼，传说中的仙女。

诗词AB面
SHICI AB MIAN

极具美感的中国色彩

“寒泉贮、绀壶渐暖”中的“绀（gàn）”是指深青带红的颜色。

中国古人对于颜色是极为敏锐的，他们很早就概括出了中国传统五色，即“青、赤、黄、白、黑”，除去黑、白，红、黄、青便是当今色彩中的三原色，万色不离其宗。中国古人便是用这中华五色，调配出了整个世界，并运用于绘画、艺术及生活之中。这些颜色，都有着极美的名字。从胭脂到天青，从粉红到黛绿，每一个颜色名称都凝结着古人的智慧，以及对生活、对大自然的热爱！

浮想联翩的词牌名：绣鸾凤花犯

“花犯”是词牌名，又名“绣鸾凤花犯”，是周邦彦的自度曲。正体便是周邦彦的《花犯·梅花》。这个词牌名是北宋新调，属于小石调。全调以五字句和七字句为主，但后段三个七字句均为上三下四句法，故顿挫之处较多，兼用仄韵，多表现苦涩之情绪。

花犯的意思是“花拍犯调”，王灼曾在他的《碧鸡漫志》中提道：“此曲内一叠名《花十八》，前后十八拍，又四花拍，共二十二拍，乐家者流所谓花拍，盖非其正也。”所以它也叫花十八。该词调的代表作有吴文英《花犯·郭希道送水仙索赋》等。

名人万花筒
MINGREN WANHUATONG

年事梦中休，花空烟水流

吴文英一生未仕，游幕江湖，年老时“困踬以死”。他在政治上没有什么作为，但是他的恋情词却成为后世推崇的经典。他困苦的一生中，最幸福的时光也许就是与两位心爱的姬妾共度的两段浪漫甜美的爱情岁月。然而，吴文英心所寄托的美好爱情最终也难逃悲剧的命运，他的两位姬妾，一位不幸亡故，一位因种种原因离他而去。这给吴文英造成了难以弥补的创伤。之后，他始终难以释怀，加之生活困顿，写出了一篇篇极具深情的怀人词作。

后世把这些恋情之作统称为恋情词，占据他的梦窗词相当大的比例，是吴文英作品中最重要的组成部分，同时亦是梦窗词中最富思想深情、最具艺术魅力、最感人至深的优美乐章。

选取其中几首：

“楼前绿暗分携路，一丝柳，一寸柔情。”（《风入松》）

“午梦千山，窗阴一箭。香瘢新褪红丝腕。隔江人在雨声中，晚风孤叶生秋怨。”（《踏莎行》）

“又说今夕天津，西畔重欢遇。蛛丝暗锁红楼，燕子穿帘处。天上、未比人间更情苦。”（《荔枝香近·七夕》）

知识小问答

“玉龙吹又杳”中的“玉龙”是指？（ ）

A. 龙形玉器　B. 长笛　C. 白雪

秦观，江苏高邮人，字少游，一字太虚，别号邗沟居士，学者称其淮海居士。

阮郎归·湘天①风雨破寒初

［宋］秦观

湘天风雨破寒初。深沉庭院虚。丽谯②吹罢小单于。迢迢清夜徂③。
乡梦断，旅魂孤。峥嵘岁又除。衡阳犹有雁传书。郴阳和雁无。

解读赏析 JIEDU SHANGXI

“身有恨，恨无穷。”

这是词人的除夕悲歌，作者初到郴州，有谪居的苦闷，有对故乡和帝都的思念，也有难以排解的孤独。全词读来，皆是悲苦。

上阕写长夜难眠的孤寂。除夕之夜，却毫无除夕之景。湘南潮湿的风雨好似要吹赶这冬季，呼唤春天的来临。作者独自立于庭院之中，环顾四周，深沉而又空虚寂寞，听着更楼的“小单于”乐曲，数着时间缓缓流过。夜长漫漫，难以消遣，人何以堪？此时，一个谪居他乡的孤独客的形象跃然纸上。

下阕写作者日思夜想，以至于梦里怀乡。可是乡梦醒来，依旧是孤苦一人。除夕是峥嵘岁月除，可自己投荒一路走来，又哪里谈得上峥嵘岁月呢！除旧迎新，又何新可迎呢？即使盼着亲朋挚友鸿雁传书而来，却是“郴阳和雁无”，郴阳这个地方，连传书的鸿雁也没有呀！痛楚之情，溢于言外。

秦观情感细腻，故而写悲愁入木三分。这首词虽然看似含蓄，实则深处翻腾着巨大的孤独之感，翻腾着对自己仕途坎坷与对政治前景的失望之感，写出了一个词人谪居异乡、凄孤无望的情境和心境。全词笔触细腻，用典贴切，言语之外，情境之中，含蓄巧妙，意味深远。

①湘天：指湘江流域一带。②丽谯：城门更楼。
③徂（cú）：往，过去。

诗词AB面 SHICI AB MIAN

阮郎归的背后小故事

阮郎归，是经典的词牌名之一，又名“碧桃春”“宴桃源”“濯缨曲”等。创此调者为李煜，后世用此调者甚众，其中不乏名篇。如苏轼《阮郎归·初夏》等。

关于这个词牌名，有一个美丽的传说。相传，阮郎指的是阮肇，东汉永平年间会稽县人刘晨和阮肇到天台山采药迷路，偶遇仙女，被邀至家中并招为婿。山中数日，凡间千年。半年后两人回家，此时他们的后代子孙已经过了七代。后两人再度天台寻访仙女，却已无踪迹。

后世便用阮郎借指情郎，或与丽人结缘的男子。

名人万花筒 MINGREN WANHUATONG

“山抹微云君”秦观

王士祯说过：“风流不见秦淮海，寂寞人间五百年。”秦淮海便是指秦观。秦观诗才横绝，以其词闻名于世，其词婉约感伤，是婉约派的代表人物之一。王国维在《人间词话》中曾说过：“少游词境最为凄婉。至‘可堪孤馆闭春寒，杜鹃声里斜阳暮’，则变为凄厉矣。”说的是秦观善于描写凄冷幽境之景，佐之以细腻的情感，让人深陷其中。

秦观与苏轼交情匪浅，秦观与黄庭坚、晁补之、张耒被称作“苏门四学士”。当时，苏轼诗名无人能出其右，秦观慕名拜访，苏轼欣赏其才华，虽然秦观两次科考落榜，但是苏轼依旧大力向王安石举荐秦观。并说道：“愿公少借齿牙，使增重于世。”秦观也因此崭露头角。所以说，苏轼之于秦观，有知遇之恩。

两人亦师亦友，秦观的名篇《满庭芳》一词中有“山抹微云，天连衰草，画角声断谯门”句，苏轼大为赞赏，便开玩笑戏称秦观为“山抹微云君”。

秦观这个外号也就流传开来了。

知识小问答

“鸿雁传书”典故出自？（ ）

A.《苏武传》 B.《卫将军骠骑列传》 C.《李将军列传》

欧阳修，字永叔，号醉翁，晚号六一居士，北宋政治家、文学家。

生查子·元夕

［宋］欧阳修

去年元夜时，花市[①]灯如昼。
月上柳梢头，人约黄昏后。
今年元夜时，月与灯依旧。
不见去年人，泪湿春衫[②]袖。

解读赏析
JIEDU SHANGXI

“人面不知何处去。”

这首词传唱度极高，耳熟能详。这与这首词情思哀婉、浅白易懂、饶有韵味有关。

尝过相思之甜，便懂相思之苦。古往今来，情皆如此，难以圆满。

词的上阕写去年元夕之景，一句“花市灯如昼”写出了元宵之夜的热闹场面，灯火辉煌，盛大至极。转笔写静，“月上柳梢头，人约黄昏后。”由月及人，意犹未尽，把女子的娇羞写得淋漓尽致。两人初恋的柔情蜜意，溢于言表。

下阕写今年元夕之景，虽是同样的月好月圆，同样的灯火阑珊、景色依旧，但千千万万人群中，独不见你，思极泪流。往日有多甜蜜，今日就有多伤感。灯火多璀璨，“我”便有多惆怅。这种今昔对比、哀乐迥异，使得全诗读来，回旋咏叹，一唱三叹，感慨万分。

这首词与崔护的《题都城南庄》（“去年今日此门中，人面桃花相映红。人面不知何处去？桃花依旧笑春风。”）在意境、结构、遣词造句上都有异曲同工之妙。时空的错落感增强了这种擦肩而过、无可奈何、想而不能得的遗憾，极易让人引起共鸣。

①花市：民俗每年春时举行的卖花、赏花的集市。
②春衫：年少时穿的衣服，也指代年轻时的自己。

诗词AB面
SHICI AB MIAN

元夕：全民的狂欢

元夕，即元宵节，又称上元节。是中国最重要的传统节日之一，时间为农历正月十五。正月十五是一年之中的第一个月圆之日，人们认为这代表一元复始，明月高悬，值得庆祝。于是百姓会用观花灯、猜灯谜、吃元宵等方式来庆祝。

元宵节可以说是全民性的狂欢节，唐代，虽然实行宵禁，但是上元节期间可以开禁三天，称作“放夜”。这几天的长安灯市规模盛大，还有巨型灯楼，极为壮观。宋朝时，灯市由三夜延长至五夜，还增加了放烟花、杂技表演等活动，场面更加热闹。《东京梦华录》中记载：“每逢灯节，开封御街上，万盏彩灯垒成灯山，花灯焰火，金碧相射，锦绣交辉。京都少女载歌载舞，万众围观。游人集御街两廊下，奇术异能，歌舞百戏，鳞鳞相切，乐音喧杂十余里。”这样热闹的气氛，自然也是年轻人相会的绝佳时机。

《生查子·元夕》便发生在这样的场景之下。盛世烟火，为你而放，好不浪漫。

名人万花筒
MINGREN WANHUATONG

宋朝金曲榜

众所周知，宋词是合乐的诗词，也就是说，这是古代的歌词，是用来吟唱的。今天我们有各种金曲榜，其实，早在一千年前就有这种排行榜了！

元朝时杨朝英编撰了一本《乐府阳春白雪》，里面记载了宋金十大曲。也就是最早的金曲榜。

这个金曲榜排名第一的是苏轼的《念奴娇·大江东去》。（冲这歌词水平，放哪个时代都是妥妥的第一。）

排名第二的是苏小小的《蝶恋花》。虽然苏小小是一名歌姬，但是她的作品在当时传唱度也是极高的。

此外，晏几道、柳永、辛弃疾也都榜上有名。

《生查子》也有入选，不过不是我们这首《生查子·元夕》，而是朱淑真的《生查子·年年玉镜台》，对此，有很多学者充满疑问。因为从词作水平及传唱度来说，欧阳修的《生查子》明显在朱淑真之上。不少学者认为是记录者笔误，实际入选的应该是《生查子·元夕》。所以导致后世有人认为《生查子·元夕》是朱淑真写的，其实非也。经各种考据证明《生查子·元夕》确实是欧阳修为其第二任夫人杨氏所作。

然而不管《生查子·元夕》有没有入选宋朝金曲榜，都不妨碍这是一首极其优秀的词作。明代的徐士俊甚至认为，元曲中“称绝”的作品，都是仿效此作而来。

如果我有机会生活在宋朝，肯定疯狂为这首词打榜。

知识小问答

词牌《生查子》属于？（　）

A. 小令　B. 中调　C. 长调

李清照，号易安居士，宋代杰出女词人，提出词“别是一家”的理论。

永遇乐·落日熔金

［宋］李清照

落日熔金，暮云合璧，人在何处。染柳烟浓，吹梅笛怨①，春意知几许。元宵佳节，融和天气，次第②岂无风雨。来相召、香车宝马，谢他酒朋诗侣。

中州盛日，闺门多暇，记得偏重三五③。铺翠冠儿，捻金雪柳，簇带争济楚。如今憔悴，风鬟霜鬓，怕见夜间出去。不如向、帘儿底下，听人笑语。

解读赏析 JIEDU SHANGXI

“向来心是看客心，奈何人是剧中人。”

本词作于李清照晚年流寓江南时期。

开篇描写临安城内的自然景象。“落日熔金，暮云合璧”，夕阳西下，落日的余晖宛如融化的金子，灿灿地流淌着，显出一派赤红而又璀璨的景象。薄暮冥冥中，灿烂的云霞围合着碧玉般的圆月，更衬托出月亮的皎洁无瑕。在如此绚丽的景象中，诗人却逐渐恍惚而后转入迷惘：昔日的盛景与眼前的繁华交织、重叠，竟不知究竟是身处于临安，抑或是又回到了那“中州盛日”？

“染柳”一句转写春景，柳色、烟霭、笛声、落梅，寥寥几字，已是春意少许。“元宵佳节”点明写作时间，佳节良辰，本应是温馨而又快乐，只是如今的李清照孤身一人，远离故乡，再热闹的繁华都只不过是良辰美景虚设，或许转眼即是风雨飘摇。抱着这样漠然的心理，李清照推辞掉了所有的佳宴与酒会，默默啃噬着自己的寂寞。

遥想当年中州盛日，那时的诗人也同他人一样欢度着元宵节，梳妆打扮前去游乐，少女心思如岁月般悠长而无忧无虑。只是国破家亡，夫亡亲逝，昔日的少女已是身心俱疲的垂垂老妇，昔日的美好已化为不可追寻的幻梦，倒不如帘下听人笑语，聊温旧梦。

本词频用对比的手法，往昔的盛况与今日的凄凉萧瑟不断交错，字句间蕴含着诗人无尽的哀婉、孤寂与悲凉，令人读来潸然泪下。

①吹梅笛怨：梅，指乐曲《梅花落》，用笛子吹奏此曲，其声哀怨。
②次第：指转眼的意思。③三五：十五日，此处指元宵节。

诗词AB面
SHICI AB MIAN

哀怨动人《梅花落》

《梅花落》是古代笛子曲的代表作品，自魏晋南北朝以来历唐宋元明清数代一直流传不息，和《折杨柳》一起成为笛曲的代表。其曲作者是汉武帝时的宫廷音乐家李延年，因此本曲也是一首大角曲，常在特定的朝廷仪式上由专门的宫廷人员演奏。《梅花落》曲调婉转清丽，哀婉动人，其作为一种意象，也常出现在诗词作品中，例如，李白的“江城五月落梅花”，高适的“借问梅花何处落”等中的“梅花”都指《梅花落》。在古乐府中，《梅花落》也是乐府诗题，以《梅花落》为曲牌的乐曲与诗词常以梅花的傲雪凌霜为主题。

成语“香车宝马”

“香车宝马”一词意为华丽的车子、珍贵的宝马，泛指考究的车骑。本词最早出自唐代韦应物的《长安道》，原句为“宝马横来下建章，香车却转避驰道”。这里的“香车”是指用香木做成的马车，意在描写王室贵族车轿的奢华、精美，后逐渐成为一种广泛的意象。

名人万花筒
MINGREN WANHUATONG

李清照：安得乱世真风流

公元1127年，“靖康之变”爆发，李清照与丈夫赵明诚一起追随宋高宗，逃到了南方。而就在两年后，赵明诚因染疾在途中病故。

国破家亡，膝下无子。已经年过五十的李清照跌入了人生的谷底。在李清照承受着生活带给她的巨大折磨与痛苦时，一个叫张汝舟的男人向她伸出了温暖的手。

于是1132年，李清照再婚，嫁与张汝舟为妻，本以为是绝望中的救赎，却没想到只是另一段噩梦的开始。张汝舟确为不折不扣的渣男，追求李清照一是看上了她的才貌，更重要的是觊觎李清照家中珍贵的文物收藏。在获知李清照的财产在逃亡途中已所剩无几时，张汝舟露出渣男本性，对李清照进行口角上的谩骂，甚至挥拳家暴。

当时的南宋，程朱理学强调三纲五常，只是猥以桑榆之晚景，配兹驵侩之下材，李清照果断做出决定——离婚。闪婚闪离，舆论与世俗的口吻几欲淹没她。随后李清照更是收集了张汝舟营私舞弊、虚报举数骗取官职的罪证，骗婚案变欺君案，稳稳地将张汝舟送进牢房。只是当时的宋朝有规定，如妻子状告丈夫犯罪，一经查实，妻子要连坐入狱两年。而李清照凭借因才德而积累下的人脉，仅九天便获释出狱。

内心细腻柔软，却又绝不失强大与坚强。这样的李清照，纵使颠沛流离，遇人不淑，仍可在恣意潇洒与酣畅淋漓中爱过、活过。

知识小问答　由赵明诚、李清照夫妇共同完成的金石目录与研究的著作是?　(　)

苏味道，唐代政治家、文学家，文章四友之一。

正月十五夜

［唐］苏味道

火树银花[1]合，星桥铁锁开[2]。
暗尘随马去，明月逐人来。
游伎皆秾李[3]，行歌尽落梅。
金吾不禁夜，玉漏莫相催。

解读赏析

JIEDU SHANGXI

“古今元宵诗少，五言好者殆无出此篇矣。”

这首《正月十五夜》是苏味道在神龙元年正月十五那天的一次诗歌比赛中的夺魁之作，此后也深受世人推崇，乃咏洛阳城元宵夜“端门灯火”盛况的佳作。

上元节的夜晚，京城弛禁，举城灯火辉煌，处处笙歌，洛阳城四处洋溢着欢乐与热闹。“洛城三五夜，天子万年春”，隋唐时期的洛阳城每当元宵佳节便是灯火灿烂的不夜城，远远望去宛如璀璨的星河，其盛况可想而知。暗中的尘土在急急的马蹄下飞扬，热闹的人群在明月的照耀下簇簇地攒动，百姓们在这中元节的夜晚涌上街头，万人空巷，每个人都是那样雀跃而快乐。

颈联描写艳妆行歌的歌伎们，她们浓妆艳抹，面庞灿若桃花，边走边舞，边舞边唱着通俗的民间歌曲。欢乐的人群直至夜半也不曾散去，面对这样的良辰美景，诗人不觉感叹：在这没有宵禁、通宵欢庆的夜晚，只愿时间慢些过去，天明晚些到来。

本诗写于神龙元年，武则天金吾弛禁，特许夜行，观灯者人山人海，文士数百人皆赋诗纪事。本诗辞藻华丽，绚丽多彩，又不过于繁缛，纤秾恰中，为世人传诵不绝。

①火树银花：比喻灿烂绚丽的灯光和烟火，特指上元节的灯景。
②铁锁开：比喻京城开禁。③秾李：此处指观灯歌伎打扮得艳若桃李。

诗词AB面
SHICI AB MIAN

曾将一笑君前去，误杀几多回顾人

歌伎，是以唱歌为业，只卖艺不卖身的古代女子职业。《旧唐书·音乐志》中记载："'子夜歌'者，晋曲也。晋有女子名子夜，造此声，声过哀苦。"其中的"子夜"便被猜测大概是名歌伎，而子夜歌也成为乐府曲名，现存诗作有42首。歌伎身份低微，命运也常身不由己，甚至连丫鬟也比不上，但其在文坛中的贡献不可磨灭，中国古典诗词作品中有一大批是以歌伎为或直接或间接的写作对象。古代比较出名的歌伎有苏小小、绿珠、红佛、李师师、陈圆圆等。

"秾李"意象

"秾李"意为华美的李花，最初用来形容花木繁盛的样子，后经常用来形容女子容貌以及服饰之华美。"秾李"意象最早可见于《诗经·召南·何彼秾矣》："何彼秾矣，华如桃李。"此句以唐棣花儿起兴，描写新娘面容的美貌姣好。秾李意象自唐后开始兴起，至宋词中有众多词句运用此意象，如柳永"浅桃秾李夭夭"，张先"落梅秾李依旧"；更有明代何大成"夭桃秾李太匆匆"，陈宪章"日色小薰秾李昼"等。

名人万花筒
MINGREN WANHUATONG

"模棱宰相"苏味道

成语"模棱两可"指不表示明确的态度，或没有明确的主张。这一成语的出处是《旧唐书·苏味道传》，其原文为："处事不欲决断明白，若有错误，必贻咎谴，但模棱以持两端可矣。"

苏味道在任宰相期间，正值武则天掌权，政治环境非常复杂。苏味道为了明哲保身，不生是非，为人处世常采取模棱两可的态度。相传一位官员请他喝酒，席间向他请教为官路上成功的经验，苏味道怕是喝美了，真的就实话实说了："处事不欲决断明白，若有错误，必贻咎谴，但模棱以持两端可矣。"意思就是说做事万不可太绝对武断，要给自己留有余地，万一出了什么事，也不至于没有退路可走。这就好比我们想摸摸桌子、椅子的棱角，摸这端行，摸那端也不错，反正前后左右、上上下下随便怎么摸都行。这番言论语出苏味道后迅速走红，搞得人尽皆知，故人送外号"苏模棱""模棱手"，更有人直接称他为"模棱宰相"。

"模棱两可"一词现常带有贬义，讽刺一个人没有自己的主见与立场，摇摆不定。只是苏味道的"模棱两可"或许只是一种特殊环境下寻求自保的"中庸之道"。"模"是打理公务之范本，"棱"乃处事条理之左右逢源，苏味道的"模棱两可"又或许真的是工作中行之有效的方法。

知识小问答

与苏味道并称"苏李"的是？（ ）

A. 李商隐　B. 李峤　C. 李约

李商隐，晚唐著名诗人，字义山，号玉溪（谿）生，又号樊南生，和杜牧合称“小李杜”。

观灯乐行

［唐］李商隐

月色灯山满帝都，香车宝盖隘通衢[①]。
身闲不睹中兴盛，羞逐乡人赛紫姑。

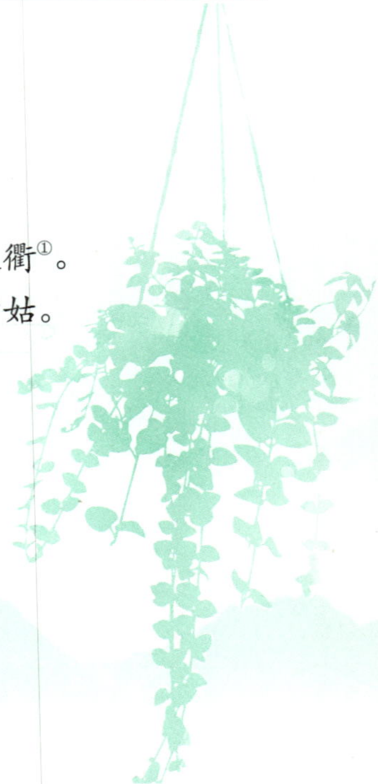

解读赏析
JIEDU SHANGXI

“李商隐的元宵夜，惆怅与灯火并存。”

大中元年，李商隐仍旧在为仕途不得志而郁郁寡欢，五月，他主动跟随一位被贬谪的官员南迁，表达了他对于升迁不再抱有任何希望的心理。不到一年的时间，李商隐丢掉了工作。

世态炎凉，前途渺茫，李商隐在落寞之余期盼着转机，也迎来了热闹而盛大的元宵节。诗的开篇描写节日盛景：大唐的帝王之都本就喧闹繁华，在节日当天更是热闹非凡。元宵节的夜晚，处处月光如水，花灯如山，奢华香艳的香车宝马络绎不绝，竟堵塞了都城的宽阔大道。

“身闲”一句转入抒情。“身闲”是自嘲，中兴胜景，国家强盛，自己却仕途坎坷，怀才不遇，怀着这样抑郁而悲慨的沉重心情，诗人无心也无法去欣赏这节日的盛况。诗末一个“羞”字更是写出了诗人愧疚又无奈的情感：在这元宵佳节，也只好带着羞惭随着乡老一同去观看迎接紫姑神的庙会。

本诗的语言少了李商隐一贯的朦胧隐晦风格，多了一分惆怅与悲慨，利用反衬的手法写出了元宵佳节诗人身处花灯如海的帝都却无心赏月的心情。

①通衢（tōng qú）：指四通八达、宽敞平坦的道路。

诗词AB面
SHICI AB MIAN

旧事思清汴，幽情卜紫姑

紫姑，相传为中国民间传说中的“司厕之神”，又称子姑、厕姑。关于紫姑的来历，历史上说法颇多，据南朝《异苑》记载：“世有紫姑女，古来相传是人妾，为大妇嫉，死于正月十五夜。后人作其形，祭之。”后又引《显异录》，说的大致也是一个名唤紫姑的小妾为正妻所妒，在正月十五日当天被杀于厕中，天帝怜悯她，命为厕神。历史上还有一种说法，说紫姑的原型事实上正是西汉时的戚夫人，被吕后做成人彘后丢弃在茅厕中死去。

关于紫姑的信仰，早在六朝时期便已出现，唐、宋两朝颇为盛行，至清不衰。迎请紫姑的习俗因方式与地点的不同也常有不同的名称，《集说诠真》云：“今俗每届上元节，居民妇女迎请厕神。其法：概于前一日取粪箕一具，饰以钗环，簪以花朵，另用银钗一支插箕口，供坑厕侧。另设供案，点烛焚香，小儿辈对之行礼。”由此每当上元节的时候，居家女性便要迎请厕神，这一习俗也逐渐演变为代卜人事的吉凶和与人一起游乐了。

名人万花筒
MINGREN WANHUATONG

一代才子李商隐竟惨遭著名才女林黛玉的嫌弃

在《红楼梦》第四十回中，贾母与宝玉及众姐妹带着刘姥姥逛大观园。行至荇叶渚，贾母带着薛姨妈、刘姥姥、凤姐等婆媳上了一艘船，宝玉和宝钗、黛玉这些小年轻则上了另一艘船。

当时正是秋日，湖中央有许多凋谢的残荷，宝玉见了，说：“这些破荷叶可恨，怎么还不叫人来拔去。”可一旁的黛玉却开口道：“我最不喜欢李义山的诗，只喜他这一句‘留得残荷听雨声’。偏你们又不留着残荷了。”

这残荷最后到底留没留不重要，重要的是一向喜爱诗文的林黛玉竟会公开表态自己不喜欢李商隐的诗，而且还是最不喜欢，没有之一!

事实上，在第四十八回香菱学诗时，黛玉列举了很多自己中意的、喜爱的诗人，有王维的五律、杜甫的七律和李白的七绝，还有陶渊明、谢灵运、阮籍和鲍照诸家。这些诗人里，独独没有李商隐。

林黛玉虽然不喜欢李商隐，却绝对算不上至厌恶的程度。一览林黛玉所作的诗词，虽也写自己的小情绪，但绝不拘泥于儿女情长。黛玉的诗词，更多的是一种豪壮与大气，将愁绪酣畅淋漓地渲染、绽放。而反观李商隐，其诗作更多是缠绵悱恻、委婉朦胧的。这样将悲伤与愁绪自我酝酿，又自我啃噬的李商隐，或许就是林黛玉所不喜欢的地方所在。

知识小问答

唐代哪位诗人因极为欣赏李商隐文章而言道：“我死后，得为尔儿足矣”？（ ）

A. 白居易　B. 李白　C. 贺知章

本章知识小问答答案

第 129 页　　正确答案：C. 贺知章

第 131 页　　正确答案：C. 曲辕犁

第 133 页　　正确答案：《说文解字》

第 135 页　　正确答案：C. 洛阳安居时期

第 137 页　　正确答案：A.《南唐书》

第 139 页　　正确答案：瘦硬

第 141 页　　正确答案：《梅竹图》

第 143 页　　正确答案：B. 杭州

第 145 页　　正确答案：屈原爱兰

第 147 页　　正确答案：邵雍、周敦颐、张载、程颢、程颐

第 149 页　　正确答案：B.《卫风》

第 151 页　　正确答案：C. 司马光

第 153 页　　正确答案：大诗人之墓

第 155 页　　正确答案：B. 对弟弟的称呼

第 157 页　　正确答案：C. 白雪

第 159 页　　正确答案：A.《苏武传》

第 161 页　　正确答案：A. 小令

第 163 页　　正确答案：《金石录》

第 165 页　　正确答案：B 李峤

第 167 页　　正确答案：A. 白居易